Light・Shadow
～白衣の花嫁～

CROSS NOVELS

プロローグ

それはまだ年が明ける前、師走《しわす》の平日のことだった。

その日、優麗な微笑を携えた青年・白石朱音《しらいしあかね》は、二十年来の親友であり、この秋からは晴れて恋人となった黒河療治《くろかわりょうじ》と共に、長野《ながの》県は軽井沢《かるいざわ》にあるリゾートホテル・マンデリン軽井沢を訪れていた。

「――――綺麗。すごい」

周囲を雪で覆《おお》われた、冬の一日。とはいえ、空は青く澄み渡り、暖かな日差しが降り注いでいた。雪の中に佇《たたず》んでいても凍《こご》えるような寒さはなく、コート一枚を羽織っていれば十分凌《しの》げてしまう、かえって頬《ほお》にひやりと当たる風が心地よいぐらいの小春日和《こはるびより》だ。

「本当に、全部氷でできてる――――。これ、どうやってるんだろう？　そうでなくとも、最近暖冬《だんとう》なのに…。いくら冬場限定とはいえ、軽井沢程度の気温でこれを維持するって、どんな仕組みなんだろう？」

しかし、だからこそ白石は、ホテルの敷地内の手入れされた森林に存在するこの建物が、不思議でならないという顔をしていた。目に見える部分、装具やシートやバージンロード以外のほとんどが〝氷〟でできているとされる収容人数百人ほどのチャペルに、すっかり気を奪われていた。

「まともに電力を使ったら、維持費だけでそうとうかかって、ホテル経営の一環、サービス企画としては、採算が合わないよな？　それとも、わからないように、ソーラーパネルでも、使用してるのかな？　どんな仕組みで、この氷が全然溶けずにいるんだろう？　まさか、この氷そのものが偽物？　でも、冷たいし。この感触は確かに、氷だし――――……。え～？　これって本当に、どうなってるんだろう？　このさい、どういう仕組みでもいいから教えてもらえれば、最小限のエネルギーで、どんな場所でも医療機器が使える。治療範囲が拡大するってことに、繫《つな》がる気がするんだけど…」

いささか一般的な気の奪われ方ではないが、それは習性。白石は、若年ながら国内でも五指に入る医療機器製造販売メーカー・ＮＡＳＣＩＴＡ《ナシタ》の代表取締役社長。もともとは研究開発者だったという立場にあるだけに、この手のものを見るとついロマンチックな思想ではなく、現実的なほうへと意識を奪われ、常に自社製品に利用できないかと考えてしまうのだ。

「どう思う？　療治」

だが、それが不服だったのだろう。黒河は白石から一歩下がった位置で溜息《ためいき》をつくと、呆《あき》れたふうに言った。

「――――お前さ。入院中にテレビ見て、本物が見たい。神秘のチャペルの実物が見てみたいって騒いでたのは、そういう現実的なことを確かめたかったわけ？」

「え？」

「俺はてっきり、この聖地に育《はぐく》まれようとしている伝説――――、聖地の伝説とかってやつにあやかりたいとか、そういう可愛い発想のためだと思ったから、時間取って連れてきたのによ。建物の冷却構造が知りたいだけなら、専門家を呼びゃあいいだろう？　もしくは、四六時中ひっついてる秘書にでも、調べさせるとかよ」

視線も明後日《あさって》のほうへとやった。

「療治…」

白石は、思いがけないところで黒河のふて腐《くさ》れにあい、内心驚いた。

「ったく、こんなことなら家で寝てるんだった」

『嘘――――。伝説だって。療治が、この地に根づき始めた聖地の伝説、それも明らかにホテル側の陰謀《いんぼう》としか思えないような、〞ここで愛を誓い合った者は永遠に結ばれる…〟なんて、乙女チックな愛の伝説にあやかるために、一日とはいえ休暇を取ったなんて。自分から病院を、仕事を休んで患者から離れたなんて……、そのほうが夢みたいなんだけど』

なぜなら、奇跡は呼ぶもの、引き起こすものであって、待つものではない。迷信は迷信であって、現実ではない。ましてや、伝説は自分が歩《あゆ》んだ足跡《そくせき》が、死後にでも評価された時に生まれるものであって、他人が創《つく》った流行に、便乗するようなものではない。

――――そんなことを平然と口にしてもおかしくないようなリアリスト、医大で天才外科医の名を欲しいがままにしている黒河が、こんな夢みたいなことを口にした挙句に、それを理由に拗《す》ねるなど、考えたこともなかった。想像したこともなかったので、白石は離れた黒河のほうに歩み寄ると、コートのポケットに突っ込みっぱなしの彼の腕に両腕を絡めた。

『でも、それって俺のため。俺が入院中に特番見て、はしゃいで――――。行ってみたい。このチャペルを直《じか》に見てみたい。中にも入ってみたい…って言ったからで。それをここで、この聖地で愛を誓いたいんだろうな…って、療治が解釈してくれたから…なんだよな？』

長身な黒河の肩に顔を寄せると、その腕をギュッと抱きしめ、宥《なだ》めにかかった。

『――――なんだ、だったら遠慮しなきゃよかった。恥ずかしがらずに、話をごまかさずに、最初からここで〝好き〟って言ってって、言えばよかった』

そうして「ごめん」と口にするタイミングを計る。

『愛してるって言ってって』

どこから話を切り出そうか、元へ戻そうか考える。

『最期まで傍《そば》にいるって――――。そう誓ってほしい…って、言えばよかった』

そんな白石の姿は、年や性別に関係なく、人としてとても愛らしいものだった。

『でも、なんか今更…言い出しにくいな。いっそ、下手《へた》に言い訳するより、キスでもする？　言葉に託すより、唇に託す？』

繊細で女性的な美貌《びぼう》という見た目だけの美しさではなく、心の素直さや誠実さ、何より好きな男への一途《いちず》さや思いの深さを、自然とかもしだしていた。

『好きって、俺から言う？　療治は？　って聞く』

ただ、そんな姿がどれほど相手を惑《まど》わすのか、時として狂わせるのか――――という自覚が昔からなく、白石は長い睫《まつげ》に縁取られた瞳を、惜しげもなく黒河の顔へと向けた。逸《そ》らされたまま合わせることもできない視線を取り戻したくて、ジ～っと見つめた。

「療治」

そして、蜜《みつ》よりも甘い吐息と共に、その名を口にする。

「――――……まいっか」

すると、黒河はほんのりと赤らんだ頬をごまかすように、ボソッと漏らした。

「それより、朱音。そういうことなら、名刺持ってきてんだろう？　真っ向からチャペルの秘密を、聞きに行こうぜ」

そのまま氷のチャペルには背を向け、ホテルのほうへと歩き出した。

「え？」

「どんな技で建物を維持してるのか――――。こうなったら、勝手に想像するより、ストレートに聞きに行ったほうが早いだろう。ホテル側だって、名刺出して、医療機器のヒントにしたいんだって言えば、あからさまに嫌な顔はしないだろうし……。はなから企業秘密ですって言われる覚悟で聞く分には、何を言われても凹《へこ》むこともないしよ」

無駄に上げられたテンションを振り切るように、現実的なことを話し出す。

シャリ…と、靴の底が、溶けかけた雪を踏みしめる。

「――――ちょっ、療治!!」

白石は、その場に踏みとどまって、黒河の腕を引っ張った。

『ここまで来たのに、冗談！』

せっかく相手がその気になっているのに、誰がこんなチャンスを逃《のが》すものかと、力を込める。

「っ、なんだよ」

だが、それが更に気に入らない。いや、照れくさいといったふうに振り返った男の顔は、日頃の緊張感がなく、ひどくラフなものだった。

「っ……」

仕事のオンオフだけのためにかけられた伊達眼鏡《だてめがね》もなく、ほどよく年を重ねた端整なマスクは、いつになく無邪気に見えた。

「なんなんだよ」

その上、手ぐしで軽くまとめられただけの黒髪は、ルーズな流れをしている分だけ、普段抑制された色香を露出していて――。こんな、太陽が真上にあるような時間だというのに、白石は欲情しかけた自分に気づくと、心底から焦った。

「――って」

むしろそれをごまかしたくて、身体《からだ》ごと顔を逸らすと、なおも黒河の腕を引っ張った。

「あ？」

「せっかくここまで来たんだから、中に入ろう。入って、………ようよ」

その足をチャペルの側面から、正面へと向けた。

「朱音？」

「もう!!　仕事の話なんか、ダミーに決まってるだろう。療治がその気になってくれてるのがわかってたら、こんな遠まわしな話なんかしてないって!!」

二十年も付き合ってきて、何を今更と思った。

「っ、おいっ!!」

「それこそ、こんなお願いをサラッと聞いてくれるんなら、何もここまで来たいなんて言わなかったよ。今からでも、母校に行こうって。西の聖堂に行こうって、ストレートに言ったよ」

黒河が人並み以上にハンサムで、色気のある男だということは、学生の頃から知っていた。

「西の聖堂？」

「そう、東都《とうと》の高等部にある西の聖堂。あそこで告白して、OKもらって、キスすると、一生添い遂《と》げられるって。そういうジンクスがあるのを、聞いたことはあるだろう？」

街を歩けば、必ずといっていいほど、女性が振り返る。その姿を、熱い視線が追いかける。

そんな光景を誰より近くで見てきて、白石は何度も嫉妬《しっと》を覚えた。

同じ男として悔《くや》しいな――とも、思わされた。

「は？　知らねぇよ。そんな取ってつけたようなジンクス」

なのに、それなのに白石は、こんなにも見慣れたはずの男の顔に、ドキリとした。それも特別に構えがない、なんの思惑もなかっただろう男の素顔に、一瞬頭の中が真っ白になった。

「――っ、え？　嘘。だって、療治…。変なジンクスのおかげで、しょっちゅう寝込みを襲われるって。うかうかサボって寝てられないって、怒ってたじゃないか。西の聖堂は日当たりがよくて、絶好の昼寝場所だから、余計に腹が立つって。だから俺に付き合えって言って、昼休みのたびに引っ張ってって、人の膝《ひざ》を枕《まくら》にしてたのに――忘れたの？」

「っ!!」

黒河が好きだという思いは、今も昔も変わらない。自分にとって大切なものだという重さも、なんら変わりがない。

ただ、そこに新たな思いが加わった。欲情が加わり、独占欲も加わった。そうして、これが恋だと自覚した。自分にとっては最愛の、命がけの恋愛なのだと自覚した。

「俺の貴重な昼休みをさんざん略奪《りゃくだつ》したくせに、ひど〜。なんか、親身になって療治の貞操《ていそう》を守ってるって信じてた俺が、馬鹿みたい」

だが、たったそれだけのことなのに、こんな瞬間にときめく自分が、白石は信じられないと思った。

「拗ねるなよ。んな、昔話を引っ張ってきて」

誰もが知るだろう、外科医・黒河療治。だが、自分はそうでない彼を知っている。

「拗ねてないよ、怒ってるんだよ。当たり前だろう。高校三年間のうち、何日昼寝に付き合ったと思ってるんだよ。付き合ってない日を数えたほうが、早かっただろうに…、俺ってただの枕？そのために、流一《りゅういち》たちに、お前は甘すぎるって怒られてたの？　紫藤《しどう》先輩とかに、失笑されてたの？　俺は療治が毎日夜中まで医学書開いて、勉強してたのを見てたから…、せめて昼寝ぐらい…って思って、付き合ってたのにさ」

こんなにも素《す》の彼を知っている。

「あー、わかった！　そんな話、今更恥ずかしいからやめろって。誰もお前の善意まで、忘れたって言ってないだろう!!　ってか、そこまで細かく覚えてるんなら、少しは察しろよ。俺は誰でもいいから、枕にしてたわけじゃねぇぞ。どんなにマブでも、流一の膝で寝たことなんか、一度もねぇからな！」

これだけのことが、優越感になる。高揚感を生み、幸福感さえ湧《わ》き起こす。白石にとって、これは覚えがない衝撃であり感動だっただけに、何をどうしていいのかわからず困惑さえした。

「――――え？」

しかも、そんな相手に真顔で照れられ、昔からの思いをほのめかされてしまうと、白石は黒河の言動の中にも、自分と同じほどの戸惑《とまど》いや躊躇《ためら》いを感じて嬉《うれ》しくなった。

「もういい。どっちにしたって、ここまで来たんだ。とりあえず中を覗《のぞ》いてみようぜ。実際興味もあるしな」

「あっ…っ」

黒河は、逆に白石の手を取ると、今度は自分が引っ張った。

『もう、何が善意は忘れてないだ。流一の膝では寝てないだ。よく言うよ。膝はなくても、腹枕でなら、さんざん寝てたくせに。しかも、寝かせてもいたくせに。そういう相手なんか、山ほどいて…、俺が特別だなんて素振《そぶ》り…見せたことなんかなかったくせに。今になって、そんなこと言うなんて、ズルイ』

白石は、素直に喜びたいのに喜べない。何もかもが恥ずかしくてどうにもならない自分に、視線を泳がせる。

『今だから言えるのかもしれないけど、ズルイ』

仕方ないので、意識を無理やりチャペルへと戻そうとする。が、しかし。二人が正面に出ようとした時には、すでにこれから式を挙《あ》げるのだろう新郎新婦と参列者たちが、玄関前に集《つど》っていた。

「――っと!! しまった。いきなり来て、見学は無理があったか? 甘く見すぎてたか? ホテル内のチャペルでも式を挙げてたし、まさかこんなド平日に、こっちまで使うとは思ってなかったんだが…」

「そりゃ、同じ永遠愛の伝説つきとはいえ、こっちは冬季限定でしか存在してない氷のチャペルだからね。しかも、披露宴抜きでの式だけオンリーも受けつけてくれるらしいから、人気だけなら断然こっちのほうだよ。もしかしたら、今日に限らず、毎日こんな感じなのかもよ」

「中が見たけりゃ、式を挙げに来いってか?」

「そこまでは言わないと思うけど…。でも、日中は式を挙げるカップルや、それを前提に見学に来るカップルが最優先だろうから――。いっそ夜なら覗けるのかどうか、聞いてみたほうが確かかも」

二人はどちらからともなく後退すると、そうっと建物から離れた。

「――ってことは、やっぱりお前が名刺出して、切り込むのが、一番な気がしてきたな～」

「なら、ホテルに戻って聞いてみようか。ただし、そうなると見学できても、ホテルの人が付き添うことになるだろうから、そこで愛は誓《ちか》えないけど」

今度こそホテルに戻るべく、雪化粧がほどこされた森林の中を、ゆっくりと歩く。

「結局無駄か」

「無駄じゃないよ。こうやって二人きりで、こんなに素敵な場所で、散歩ができてるんだから……俺はそれだけで十分だし」

「朱音」

けれど、後退を余儀《よぎ》なくされても、二人の手は繋がっていた。

「それに、別に神様の前で誓わなくても、二人でここまで来たんだ。療治が、俺のこと考えて、連れてきてくれたんだ。たった一つの願い事のために————。それがわかってるんだから、こんなに確かなことってない。そう思わない？」

「……ま、な」

「なら、目的は達成。今日はありがとう、療治」

「————ああ」

心もこれまで以上に、結びついていた。

「でも、綺麗だったね、新郎新婦。純白の雪の中にいてさえ、真っ白に輝いて見えた。きっと世界で一番綺麗で、一番輝いて見える日なんだろうね。結婚式って」

「そうか？　俺にはいつでもお前のが、キラキラして見えるが」

「もちろん、日常的に後光がさしてる、白衣姿の療治には負けるけど」

その上、照れ隠しのつもりで言った言葉も、絡み合ったままで————。

「っ……」

「……っ……」

ふざけたつもりがそうならず、白石と黒河は視線を絡ませたまま、その場に立ち止まった。

「お前、けっこう馬鹿だな」

「療治ほどじゃないと思うけど」

失笑することもできずに、互いのノロケにノックアウトを食らった。

「なら、二人して目が腐ったってことだな。誰にも聞かせられねぇぞ、こんなふざけた会話」

ここまで恥ずかしそうに俯《うつむ》いた黒河を、白石は初めて見たと思った。

本当なら、自分だって恥ずかしい。自分だって、俯きたい。なのに、不思議とこの場は自分に意識がいかない。

「誰かに聞かせるつもりなんてないんだから、別にいいよ。それに俺は、嘘は言ってない」

「――――朱音」

照れた黒河がもっと見たい。もっと困らせたくなり、白石は自分のことが二の次になった。

「どんなに新郎が輝いていても、院内を颯爽《さっそう》と歩いてる療治には敵《かな》わない。たとえハリウッドの男優が真っ白なモーニングに身を包んでいても、白衣を纏《まと》った療治には敵わない。俺の目には、そう見えるんだから、それでいいんだ」

白石が開き直ったように言うと、黒河は俯いたまま、耳まで赤くした。

「そういう療治が、俺には誇らしい友であり、主治医であり、恋人なんだから」

しかし、白石の言葉の中に、これまでには含まれなかった事実が入ると、黒河はわずかだが瞼《まぶた》を揺らした。

二人の足元に向けられていた視線を、白石に悟られることなく、ゆっくりとずらした。

「だから、だから――……好き」

友であり、主治医であり、恋人であり。

そう、二十年の歳月を経《へ》て、二人の間に増えた関係は、甘い関係ばかりではない。

「俺は療治が好き」

甘いほどに、ほろ苦い。幸せなほどに、胸が痛い。愛と同じほどに深く重い、死神の影。

患者と主治医という、これまでの二人には無縁だったはずの関係が増えていた。

「療治が、大好き。こうしていられるだけで、嬉しい。幸せ。夢みたい」

一度は皮肉な誤診《ごしん》もあり、末期癌《まつきがん》――余命三カ月と言われた白石。

だが、黒河によってその診断が覆《くつがえ》されて、末期直前だった癌の摘出《てきしゅつ》手術に成功した彼ではあったが、それでもこれからは再発防止の治療を受けていくことになる。

再発すれば、二年生存率さえ20〜30パーセントといわれる状態の中で、まずはそれを避けて五年生存率25パーセントといわれる、厳しいだけの現実に挑《いど》むことになる。

「他に、何もいらない。何も…、欲しいとも思わない」

たとえ再発を逃れても、五年間生きられるのは四人に一人。四人のうち三人までが、病巣を摘出しても、亡くなっている現実に、真《ま》っ向《こう》から戦いを挑むことになるのだ。

「俺は、療治だけがいればいい」

白石は、黒河への思いを言葉にするにつれて、それを強く感じたのだろう。この瞬間が、幸せであればあるほど、それが永遠には続かない。同じ年の者に比べたら、なんて短いひとときなのだろうということを、逆に悟ったのだろう。

「療治だけが愛してくれれば、それでいい――――。療治、好き」

握りあった片手だけでは心細くなり、白石はその身を黒河へと寄せた。

そのままスルリと手を外すと、両手を黒河の腰から背へと回した。

「馬鹿っ。んなこと言われたら、勃《た》っちまうだろうが。場所柄も弁《わきま》えず、犯しちまうぞ」

すぐに抱き返されて、ホッとする。

きつく、力いっぱい抱きしめられて、恐怖が悦《よろこ》びで消されていく。

「いいよ、好きにして…。療治の…いいようにして」

「朱音」

名前を呼んだ唇が応《こた》えた唇を塞《ふさ》いで、今にも漏《も》れそうになった不安の数々を、スッと飲み込んでいく。

「俺は、療治のものだから――――…。最期《さいご》の一瞬まで…。ううん、そのあとも、ずっと療治だけのものだから…」

白石は、啄《ついば》むように合わせられる唇に、夢中でついていった。

「ん…っ。ん…、療治、好き。療治は？」

何度も何度も確かめるように、自《みずか》らも呼吸を塞いだ。

「ああ。好きだ、朱音」

高ぶる鼓動と共に頬を撫《な》でられ、髪を撫でられ、あっという間に黒河の手中に堕《お》ちていく。

「俺も、お前が好きだ」

外耳を弄《いじ》り、鼓膜を揺さぶる甘い囁《ささや》きに、身も心も蕩《とろ》けそうになる。

「療治」

この一瞬が、すべてだと思う。

だから、白石は自らも背伸びをすると、より深く黒河の唇を貪《むさぼ》った。

「俺も、お前だけのものだ」

力の限り抱きしめて、今生きていること、最愛の男との至福《しふく》を噛《か》みしめていることを、心身から感じた。

「今も、これからも、ずっとな――」

職場からも自宅からも離れた伝説の地。

互いに戦地を離れた、ほんのわずかなひととき。

「ん…」

二人が改めて愛を誓い合った日、空は青く澄み渡り、暖かな日差しを降り注いでいた。

それは師走にしては、頬にひやりと当たる風が心地よい、小春日和のことだった。

1

黒河が、勤め先である東都大学医学部付属病院の独身寮をあとにし、最愛の恋人のマンションに身を寄せたのは白石の退院直後、二人で軽井沢へと出かけた、少し前のことだった。

それ以来、白石の日常は、リハビリを兼《か》ねた家事。

春には社会復帰を目指し、秘書を自宅と会社に行き来させながらの自宅作業。

週に一度の通院、癌の再発防止のための検診と点滴治療という三点に絞られた。

そしてそのために、日中は大概二つ年上の秘書、野上耀一《のがみよういち》が訪れ、マンションの一室を職場に、勤めていた。

「まったく、人って変われば、変わるものですね。私がどれほどご注意しても、マンション下のコンビニ常連をやめなかった方が。冷蔵室に飲み物。食品はすべてが冷凍庫かキッチンストッカーという生活を直してくださらなかった方が。そうしてキッチンに向かっている姿を見ると、雨どころか槍《やり》が降ってくるような気がします。その前に、季節外れの食中毒も心配ですが」

勤務時間があってないような激務に身を晒《さら》す黒河は、基本的には時間が空くとフラリと帰宅。

それも仮眠を取りに帰ってくるというよりは、白石の様子を見に帰ってくるという状態で、同居生活をしているにもかかわらず、白石の傍にいるのは野上のほうが多い。恋人よりも、先代の頃より勤める兄のような秘書のほうが断然多いという生活だった。

「――――虐《いじ》めるなよ。今は時間ができたから、生活習慣を改める努力をしてるんだよ。野上にもさんざん怒られてきたから、こうやって勉強してるんだから！」

「私にねぇ…。でも、ご自身の生活習慣を改めるための食事メニューにしては、高カロリーな気がしますが。それではまるで、肉体労働者用のメニューです。自宅勤務の社長には、不向きなものに見えますが」

「……………」

「そろそろフランベしないと、焦《こ》げますよ。せっかくの松坂牛《まつざかぎゅう》が台無しです」

「あ、いけない。って、ワインが――!!」

「あーあ。それはもうステーキではなく、シチューに変えたほうが、よろしいかもしれませんね。肉が完全に泳いでますよ。ビールで育って、ワインで泳ぐなんて、贅沢《ぜいたく》この上ない牛《うし》です」

「お前が余計なことばっかり言うからだろ！　どうせ自分の分じゃないよ、わかっててチャチャ入れるなって!!」

ただ、それでも白石は、今が一番幸せだった。満たされていた。

「ぷっ！　くくくく」

「野上っ!!」

「すみません。あまりに社長が健気《けなげ》でお可愛らしいもので…。つい」

「可愛いって…減俸《げんぽう》されたいか、お前っ!!」

「――――くくくくく」

「っ…、もうっ!!　知らないっ」

白石にとっては、どんなにわずかな時間でも、黒河と会える。自分より先に過労死してしまうのではないか？　と思うような黒河の状態が、自分の目で確かめられる。ささやかながら健康にも気遣えて、せめて一緒にいる時ぐらいは――――。そんな気持ちで尽《つ》くすことも叶《かな》う。

これだけで、彼にとっては至福だった。

もはや生きがいにも等《ひと》しいもので、その顔に常《つね》に笑みを浮かべさせたのだ。

「すいません。でも、減俸は勘弁《かんべん》願いたいので、ここからは少し私が手ほどきいたしますよ」

「え？」

「社長はそもそも実践《じっせん》が伴《ともな》っていないのに、いきなりいろんなことに挑戦しすぎです。どんなに栄養学だの料理の本を頭で理解されても、肝心《かんじん》な手が追いついていないんですから…。簡単なものから確実にマスターされることを推奨《すいしょう》します。さ、始めましょう」

「野上…」

そのために、一度は白石に「あなたが欲しい」と言った野上には申し訳ないと思いつつも、二人がかち合うと、つい黒河のほうにかまけてしまった。

「大丈夫です。結局何をどう出したところで、黒河先生の一番のご馳走《ちそう》は、社長ご自身ですから。それに、東都医大の食堂には、当然のことながら栄養士がついてます。自分で自分の食事を作られる社長に比べたら、よっぽど黒河先生のほうが、栄養のバランスは取れてますからね」

「――――っ…、野上、実は俺のこと恨《うら》んでる？」

「いいえ。社長があまりにお幸せそうなので、意地悪したくなるだけですよ。自他ともに認める舅《しゅうと》としては、黒河先生に当たりたいところですが――――。そうすると社長が庇《かば》うので、余計に腹が立つ。だから、こうして新郎の留守に、新妻で遊んでしまうだけです」

「やっぱり減俸！　何が新妻だよ、恥ずかしい!!」

「いえ、毎日惚気《のろけ》られている私のほうが、絶対に恥ずかしいですから」

「野上!!」

自分を殺して、白石を黒河の元に行かせてくれた。そんな野上に感謝を込めて、自分が本当に幸せであることを常に言動で表していた。


そんな満ち足りた日々に突然衝撃が走ったのは、新年を迎えて間もない頃だった。

「――――朱雀《すざく》が…、入院？　え？　流一が、入院することになったの？　そんな…。彼、どこか悪かったっけ？　野上は知ってた？」

「すみません。詳しいことは、私もまったく存じ上げていないのですが。ただ、つい先ほど、朱雀監査役から、社長に直々《じきじき》にご相談が――――と」

「わかった。すぐに行く。支度するから、待ってて」

「はい」

それは白石にとって、かけがえのない友であり、社員であり、また同志が寄こしたSOS。

「で、病院は？」

「東都医大です」

「瞭治は、知ってるのかな？」

黒河にとっても、決して失《な》くしたくはない者、親友と呼べる男のＳＯＳ。

「――――それは、どうでしょう。朱雀監査役が入院されているのは、内科のほうだとお聞きしましたし。社内にも風邪で休んでいるとしか、報告がされていなかったぐらいですから」

「そっか…、それじゃあ、いくら瞭治でもわかってないか。病棟も違うし…。それにしても、俺に直々だなんて…。流一」

けれど、一度は自らの死、余命のあり方までを覚悟した白石だったが、よもや先に友を見送ることになるとは思っていなかった。考えても、みたことがなかった。

それだけに、それは覚悟などできているはずもない、驚くばかりのＳＯＳ。

「急性《きゅうせい》…、骨髄性白血病《こつずいせいはっけつびょう》？」

白石が見舞いに訪れた病院の個室で、自分のほうが倒れそうになってしまったほどの告白だった。

「ああ。ビックリだろう。風邪一つひいたことがないのが自慢だったのに…参るよな」

その衝撃は、言葉で説明できるものではなかった。

自分が「末期の肺癌《はいがん》だ」と、「余命三カ月もあるかどうかわからない」と宣告された時の衝撃とは何かが違っていて、白石は微苦笑を浮かべた高校時代からの同級生・朱雀流一を前に、ガックリと膝を折ってしまうだけだった。

「そうでなくとも厄介《やっかい》な血液型をしてるっていうのに、この分じゃ…あとどれだけもつことか。

自分が言われて初めてわかったよ。お前がどれだけ強いのか。どれだけ…、死と向き合う恐怖に耐えたのか。本当――――、同じ社内にいたはずなのに、今の今までわかってやれなくて、ごめんな。もっと早くに気づいてやれなくて、支えてやれなくて、ごめんな」

流一は、そんな白石にベッドから手を伸ばすと、男のものにしては華奢《きゃしゃ》な腕をそっと掴《つか》んだ。

「流一…」

「なんて言っても、お前のことだから、お互い様って言うだけだよな。たった今、自分もわかったって。気づいたって。知ったところで、何もできない。見ていることしかできない。そういう言葉にならないショックっていうか、やるせなさっていうかを――――」

その手にはまだまだ力が漲《みなぎ》っていて、その眼差《まなざ》しにも生気が溢《あふ》れていて、死をも覚悟しなければならない病に侵《おか》されているようには、とても見えない。

「でも、それを言ったらもっとキツイ思いをしてる奴がいるから、白衣を纏ってる分…もっと切ない思いをしてる奴がいるから、お互いに頑張ろうな」

最善の治療さえできれば、それさえ受けられれば、笑顔でこの病室を出て行く。病院から出て行ける。そんな期待しか湧かないほど、流一は生き生きとしていた。

「精一杯、行けるところまで、しぶとく…、しつこく、笑っていこうな」

『流一――――っ』

「で、さあ…。急なんだけど、一つ頼みたいことがあるんだ」

しかし、この時すでに流一は、生きてこの部屋を出ることより、死を見つめていた。

誰より自分自身のことを理解していたことから、最善の治療が受けられない。唯一の改善治療であるはずの、骨髄移植《いしょく》が受けられないかもしれないという、覚悟をしていた。

「――え？　実録を残したい？　どういうこと？」

だから、白石に告《つ》げられたのは、最悪の事態を想定しての頼みごとだった。

「世の中にはいろんな病があるが、最期の瞬間を分けるのが、何もその人間の寿命だけじゃないってことを伝えたい。時には環境、時には運。そういうもの全部が一つになって、一人の人間の寿命を決めてるんだってことを、俺なりに伝えたいんだ。そしてその運の中に、人の誠意があることを、健康な人間からの思いやり、ドナー制度ってものがあることを、パーフェクトな環境の中で治療ができる俺だからこそ、伝えられるものがあると思って」

これからどれほど病魔との闘いが続き、そして終わりがくるのかはわからない。わからないが、明るい未来がないことを前提とした、流一からの願いだった。

「もちろん、これを今のお前に頼むのは、酷《こく》なことだと思ってる。お前が俺の上司でなければ、勤め先の社長だなんて立場にいなければ、口が裂けても言わない。頼まないことだ。けど、俺はNASCITAの社員だ。それも幹部役員の一人だ。最期の最期まで、お前と志《こころざし》を一緒にすると決めた男。何より、医師・黒河療治の友だ。――ってなったら、残された時間でできることは、こんなことぐらいじゃないかと思って。俺っていう患者を通して、世間に医療現場のすべて、そして現実を見せることぐらいじゃないかと思って」

「――…医療現場のすべて、現実を？」

白石は、流一の堂々とした言葉に、感銘《かんめい》を受けるよりも恐怖を覚えた。

「ああ。だからといって、はなから死ぬことを想定してるわけじゃないからな。俺は、ドナーが現れて俺に骨髄提供をしてくれる、RHマイナスABの人間が現れることに命を託して、その結果をありのままに残したいだけだ——。だから、それを社長として承諾してほしい。実録を残すということを、俺の最後の仕事にしてほしい。そして、それが人に何かを伝えられるものになったら、会社のコンセプトと合致《がっち》したドキュメンタリーになったら、いろんな番組提供をしている東都グループ傘下《さんか》の企業を抱え込んで、放送できるものにしてほしい」

「ドキュメンタリーとして、流一のことを放送…」

このままでは失くしてまう。流一を亡くしてしまう。彼に鋭い刃《やいば》を振りかざす死神の姿ばかりが見えてきて、一筋《ひとすじ》の光さえ暗闇《くらやみ》に覆われる恐怖ばかりを覚えた。

「そう。なんの偶然か、関東《かんとう》テレビに就職した後輩から、相談が来てるんだ。医大、製薬会社、そして医療機器。医療分野のすべてに根を張る東都グループをひとまとめに見せられるような、ドキュメンタリー番組を作りたいんだけど…って。だから、そいつには朱音がOKをくれたら、いいものが作れるぞって、返事をしてやろうと思って」

けれど、流一は笑顔だった。

「志半《なか》ばで倒れた医療機器メーカーの重役。そしてそんな重役が、そんな友人が、たとえ目と鼻の先で死んだとしても、決して職務を忘れない。医師である自分に徹することができる。そういう、神からは両手を、死神からは両目を預かった男の生き様が、二つ同時に収録できるぞって」

窓から差し込む日差しのように、キラキラとした眼差しをしていた。

「これこそ上手《うま》くいけば、医大から続く大学病院という現場、そこに勤める医師の現状、そして、そこで生死を隔《へだ》てる患者の治療、その行く末のすべてが、ありのままに撮れる。東都という医療グループだからこそ、すべての角度から医学を見つめることができる、そんな特別番組が作れるぞって。だからさ」

それはさながら、新規の販売プランでも発表するかのような、意欲的で活力的な、一人の社会人としてのきらめきを放出したものだった。

「そんな…、無茶《むちゃ》言うな。意図《いと》はわかる。流一が、何をしたいっていうのも、わかる。でも、療治が納得するはずがない。自分のことだって、そんなの面倒くさいって言うだろうに――。流一の姿を世間に晒すなんて、絶対に納得するはずがない!!」

なのに、白石はそんな男に、初めて苦言を呈した。

立場は違えど、同じ職場に勤めて十余年。賛同しあったことはあっても、対立したことなど一度もない。ただの一度もなかったはずの男に、真っ向から否定的な言葉をぶつけた。

「――――したよ。療治は」

「え?」

「他の誰でもない。今の俺の姿を、駿介《しゅんすけ》に残したい。喧嘩《けんか》別れしたままの、たった一人の弟へのメッセージにしたいんだって言ったら――――、しぶしぶだが頷《うなず》いたよ」

しかし、それは一笑で覆された。

自分より先に黒河を説得されて、自分より絶対に強固なはずの黒河という壁はすでに壊したんだと突きつけられて、罪なぐらい爽《さわ》やかな笑顔を向けられ、撥《は》ね除《の》けられた。

「だから、あとはお前だけなんだ。朱音の返事だけなんだ」

流一は白石の腕を握ると、そこに全身全霊をぶつけてきた。

「迷惑はかけない。負担もかけない。だから、ＯＫをくれ。残された時間がどれだけあるのかはわからない。けど、こんな形でもいいから、一度ぐらい療治と仕事をさせてくれ。悔《く》いが残らないように、最期に――――な」

一人の男として、仕事人として、最期という言葉を武器に、酷なだけの企画を突きつけてきた。

「ずるい…言い方。聞こえはいいけど、それって俺に、お前を布石《ふせき》にしろって言ってるだけだろう？　会社をよりよく見せるために、東都をよりよく見せるために、ドナーの必要性を訴える傍《かたわ》らで、公的なイメージアップを図《はか》れって…言ってるだけだろう？　俺にそれがわからないとでも、思ってるのか!?　俺は表向きの情でなんか、流されないぞ!!」

白石は、堪《こら》えきれずに、視線を逸《そ》らした。が、流一は腕を摑んでいた利き手で彼の顎《あご》を摑むと、逸れた視線を取り戻すべく、自分のほうへと引き寄せた。

「何が、情には流されないだ。流されてるから、お前はこの企画に駄目出ししてんだろう」

「っ!!」

ヘッドを起こしたベッドに身を任《まか》せながらも、浮かべていた笑みを、一瞬にして厳しいものへと切り替えた。

「大体、そこまできちんと俺の意図がわかっているなら、即ＯＫと言え。ＮＡＳＣＩＴＡが会社である限り、お前が社長である限り、必要とされるのは誠意だけじゃない。熱意だけでもない。社員を野垂《のた》れ死にさせないための経営手腕《しゅわん》だ。同じ機能を持った器具ならば、他社のものよりＮＡＳＣＩＴＡのものを選ばせる。一つでも多く買わせるための力量だ。お前の死んだ親父なら、前社長なら、ここでＮＯとは言わないぞ。むしろ笑って俺に〝頼む〟と言って、肩ぐらい叩《たた》く。お前に足りないのは、そういう強さだ。いざって時の計算高さだ！」

「――――っ…」

白石は、時としてまったく同じ目をする男たちに、いつも強さのなんたるかを、問われてきたように感じた。

「すまん…、怒鳴《どな》ったりして」

「流一」

「けど。頼むから。頼むから、営業上がりの俺に、俺らしい花道をくれ」

優しさだけでは生きられない。調和だけでも生きられない。

生きていくには、大なり小なり、弱肉強食《じゃくにくきょうしょく》の世界で勝つ必要がある。

それが企業であるならなおのこと、負けることは死を意味する。大切な社員もその家族も、そして志も、生かしていけないことになる。

「俺は入社以来、ＮＡＳＣＩＴＡの製品が世界でもっとも人に優しい医療器具だと思って、売ってきた。これからは、地球にも、もっとも優しいものになる。そういう、お前の夢を現実にするものになっていくと信じて、勤めてきた。そしてそれは、真っ向から病《やまい》や怪我《けが》に挑む黒河のような医師たちを、助けていくものになって――、尊《とうと》い命を守っていくことになる。そう願って、俺はNASCITAの社員であることに、誇《ほこ》りを持ってきたんだ」

流一は、それを白石に教えてくれた男だった。ワンマンだが商才と運気を持った前社長。実父の急死のために、研究者という立場からいきなり社長職へと持ち上げられた白石に常に真摯《しんし》に、そして正直に、経営の厳しさと難しさを諭《さと》してくれた男だった。

「何、だからって、命がけの〝やらせ〟を企《くわだ》てるわけじゃない。俺は普段どおり、ありのままの心意気で、治療に専念するだけだ。この病院の医師に任せて頑張って、それを撮ってもらうだけだ。まあ、多少の綺麗ごとは並べるかもしれないが、それは、男のカッコつけだ」

白石は、流一の申し出に、コクリと頷くしかなかった。

「な、朱音。わかってくれよ」

たったひと言、「わかった」と、了解するしか術《すべ》がなかった。

「何かに夢中になってないと、もたない。必死になっていないと、正気でいられる自信がないんだ」

そうしなければ、他の誰でもなく、白石自身が流一を泣かせてしまう。

顎を摑んでいたはずの手からは力が抜け、その手で縋るように抱きすくめてきた友を、泣かせて追いつめてしまうから――。

「わかった。もういい。わかったから」

「じゃあ……」

「これから、院長か副院長を捕まえて、打診《だしん》してくる。流一の、ううん。朱雀監査役とその関東テレビの後輩の企画っていうのを、抱き合わせで現実のものにするなら、病院サイドの協力がなければ不可能だ。会社のほうは、別に俺が幹部会で話を通せばいいだけのことだけど、この分じゃ東都製薬や東都大学、いくつかの関連会社にも取材要請《ようせい》がいるだろうから――――、ここは是《ぜ》が非《ひ》でも、院長たちを懐柔《かいじゅう》しておかないと」

白石は、今にも泣き崩《くず》れそうになった自分を奮《ふる》い立たせると、流一の頬をツイッと指で弾《はじ》いて、ベッドから離れた。

「できるのか？　そこまで」

「俺を誰だと思ってるんだよ！　これでもグループ内の医療機器部門では、トップをいくNASCITAの社長だぞ。分家とはいえ、東都グループを運営する和泉《いずみ》家の血筋の男だ。いざとなったら院長に甘えて落とすだけだから、心配ないって。副院長の真理《まさと》さんは苦手だけど、院長のほうなら、得意だから」

流一が笑うなら、自分も笑う。決して先に泣き言は口にしない。涙も零《こぼ》さないと決め、着ていたスーツの襟《えり》を正した。

「――――ちゃっかりだな。そういうところは。でも、無理はするなよ。他にも動ける社員は、いっぱいいるんだ。絶対に、お前は無理するな。いいな」

「入院中の病人は黙ってな！　じゃ、行ってくるから。あ、ちょっとここを頼むね、野上」

この仕事を、白石自身も社会復帰の足がかりとするために。

「はい。社長」

自宅を離れての、最初の仕事とするために。

『よし!!』


とはいえ――、そんな話が現実のものとなり、動き始めて三カ月。

骨髄移植のためのドナーを待ちながらも、朱雀流一が三十五歳という若さで他界したのは、桜が咲き乱れる三月半ばのことだった。

「医療最前線。奇跡を信じて戦う男たち。これが世界に誇る日本の最先端医療・東都グループのありのまま。そこに集う、命のありのまま。知られざる医大と製薬会社と機器メーカーのトライアングル。その中で執刀《しっとう》し続ける、神が選びし天才外科医。そして、病に倒れ、最期を迎えた社員からのメッセージとは？――か」

命と引き換えに、志の証《あかし》にと、自ら企画を出して製作にあたらせたドキュメンタリー番組が放送されたのは、それから更に一カ月後。咲き誇った桜が潔《いさぎよ》く散ったあとの、二〇〇五年四月の半ばのことだった。

「二時間半のスペシャルドキュメンタリー。提供は東都グループ各社。製作は東都大卒の関東テレビのプロデューサー。レポーター兼ナレーションは東都大学医学部卒の人気俳優、伊達《だて》克明《かつあき》。そしてドラマの柱には、外科医・黒河療治。その支《ささ》えに、闘病中の自分――。すごいよ、流一。お前がここまで東都好きだとは思ってなかった。こんなに医師としての黒河療治を、溺愛《できあい》してた男だったとは、考えたこともなかった。一部の医療関係者からは、とうとう世代交代かまで、言わせたよ。これからは和泉親子に代わって、黒河の時代か――――って」

白石は、この番組製作の裏方に回り始めてから、職場を少しずつだが、会社や外回りに戻していった。

「――――まあ、同類っていったら俺も同類だから、よっぽど親友自慢がしたかったんだろうなって、その気持ちはわかるけど。それにしても、即日再放送決定だなんて、さすがだよ。敏腕《びんわん》営業部長上がりの、若き重役さまの企画だよ。番組放送後、取引先からのＮＡＳＣＩＴＡへの発注が、いきなり二割増しになったって。東都製薬の薬の売れ行きもよくて、東都医大への患者数も目に見えて増えて…。療治を名指しでくる患者がますます増えて…って、これは、どうかと思うけど。でも、骨髄バンクへの問い合わせも、いっぱいあって。いろんなドナー登録の申し込みも、実際あって。医療基金も集まって、番組宛《あて》にいろんな手紙やメールも届いて。何より、弟さんにもちゃんと流一の気持ち、伝わったって。本当に、パーフェクトっていえる仕事だよ。最後に、ちゃんとお前さえ助かっていれば。生きてさえ…いれば」

今では週の半分は以前のように出社、彼を慕《した》う社員たちや、心配する幹部たちに、元気な姿を見せるまでになっていた。

「でも、同じ三カ月でも、俺の三カ月とは、全然違うよな。宣告から一カ月もしないで、会社なんかどうでもいいから、療治が欲しい。一度でいいから、身体がもつうちに療治と――――って、そんなことしか考えられなかった俺とは大違いだ」

ただ、それでもまだ完全復帰には至らなかった。

「やっぱり、そもそも最愛の奥さんがいたってところで、流一は安心して仕事に没頭《ぼっとう》できたのかな？　最期の花道を――――なんて言って、本当に貫《つらぬ》けたのかな？　ってことは、次は俺も大丈夫。療治がいるから、大丈夫なのかな？」

一週間のリズムが、土日ではなく、火曜日が基準になっている。病院での検診日が主軸《しゅじく》となって回っていることから、周囲に余計な心配をかけないためにも、白石はあえて急ぐことはしなかった。

「――――って、そんなことになる前に、元気なうちにやれることをやっとくほうが、俺らしいか。流一にも、最期は会社じゃなくて、療治を頼むなって言われたし。療治…、平気そうに見せても、本当はガタガタだし。俺のことだけでも、そうとう負担をかけてるのに…。その上流一を亡くして。これ以上、無理させられない」

むしろ、自分がこの生活に慣れてからでなければ、先へは進めない。

半端《はんぱ》な形では社長という責務も負いきれないと判断したことから、今の生活スタイルのうちに、今後のことを決めていこうと考えていた。

「心も身体も…、限界は近い。そんな気がする」

黒河との生活、癌の再発防止治療、亡き父から受け継いだＮＡＳＣＩＴＡ。

何をどうすることが一番いいのか、誰にとっても自分にとってもベストなのか。一度は諦《あきら》めた時間をもらったのだから、白石は何よりそのことを大切にしようと思って――――。

「あ…、いけない。まだ途中だった」

そんなことをあれこれと考えていたためか、白石は夕食の支度をすませた足で寝室に入ると、ベッドのシーツを外しかけたまま忘れていたことに気がついた。

「早く取り替えなきゃ。せっかく今夜は療治が定時に病院を出られたって連絡をくれたのに、これじゃあ――――ね」

完全に剝《は》がすと、代わりに洗い立てのシーツを手に取った。

「せーの！」

両手で広げて、ダブルのベッドマットへ敷《し》いていく。しっかりと柔軟剤《じゅうなんざい》が利いたそれは手触《てざわ》りがよく、角を揃《そろ》えるため、フワリと持ち上げるたびに、春の日差しの匂《にお》いがした。

「気持ちいい…。この匂いがあるうちに、寝かせてやりたいな」

洗濯やベッドメイクなど、週に三度は入るハウスキーパーに、任せておけばいいじゃないですか――――。そう、野上に言われながらも、白石は耳を貸さなかった。

「連絡は寄こしたものの、呼び出しが入って、帰宅途中で引き返す――――。なんてことに、なってないといいいんだけど」

自分のものに関してなら、横着《おうちゃく》をすることは多々ある。が、黒河が触《ふ》れるもの、黒河が身につけるものに関しては、誰にも触らせたくなかった。たとえ野上が見かねても、これだけは――――。そんな思いから、白石は休日となっている週の半分は、家事に徹していた。

「それにしても、過酷《かこく》だよな。前に過労で倒れた時には、いっときシフトもゆるくなったけど。でも、喉元《のどもと》過ぎれば、熱さ忘れ。日を追うごとに、また過酷になってきてる。仕事が休みなしになってきてる」

もっとも、そんな白石の姿は、野上から見れば甲斐甲斐《かいがい》しいだけ。新妻が奮闘《ふんとう》しているだけ。いつの間にか簡単な料理なら、手ほどきもいらなくなり、新婚五カ月ほどの兼業主婦としては、そうとうな及第点。ますます黒河が羨《うらや》ましい。日ごとに殺意が芽生《めば》えそうな、妬《ねた》ましさだった。

「いくら元が丈夫とはいえ、なんで一度で懲《こ》りないんだろう？」

しかし、当の白石本人は、ふと冷静になった時、こんなことを楽しくやっている自分に、驚くことがあった。

「自分の手には、大勢の人の命がかかっている。自分の目には、大勢の人の未来がかかっている。だから限界まで頑張ってしまう。その気持ちも誠実さもわかるけど、でも…長い目で見たら、療治が元気で一日でも長く現役でいることが、一番な気がするんだけどな」

それほど、こんなに誰かを好きな自分、独占したいと感じる自分、なんでもやってあげたいと思う自分に覚えがなくて、かえって怖くなることもあった。

「恐れることなく真摯に向かう療治の姿。その姿を一日でも長く同僚や後輩たちに見せていくことこそが、よりよい医療関係者を育て、増やしていくことに繋がると思うんだけど…。一度外科部長にかけ合っちゃおうかな。こればっかりは、院長に言っても、話が下まで下りていかない気がするし…」

このまま黒河と離れたくない。黒河を放したくない。たとえ命に終わりがきても——。
そう、思ってしまうことが、いつか黒河を追いつめそうで。黒河の未来、将来を、雁字搦《がんじがら》めにしてしまいそうで、日夜不安が絶えることがなかったのだ。

「——帰ったぞ」

と、完全にシーツを敷き終え、ベッドマットを包み込んでいないうちに、黒河は帰宅した。

「あ、療治。ごめん、気づかなかった。お帰り」

すっかりベッドに懐《なつ》いていた白石は、慌てて身を起こした。

黒河を横目に、シーツの端に手を伸ばした。

「なんだよ、一人でブツブツ言ってたのかよ。話し声がしたから、てっきり野上と電話でもしてるのかと思った。今から早急《さっきゅう》の仕事を持って行きます——とかってさ」

黒河は、手鞄《てかばん》をベッド横に置かれたシングル・ソファに放《ほう》ると、その手で羽織《はお》っていた上着を脱いだ。

「野上なら、今夜は専務に誘われて飲みに行くって。さっき電話があった。何かあったら、連絡してくださいって」

「ふーん。なら…、朝まで遠慮《えんりょ》はいらねぇわけか」

ネクタイを抜き取り、シャツとズボンという姿だけになると、ベッドの上で四つんばいになっている白石を眺《なが》めて、ニヤリと笑った。

「野上に遠慮なんかしたことないくせに」

「してるさ、一応。変にその気になられても困るから、お前に声は立てさせないようにとか」

「あれで？」

シャツのボタンを二つばかり外して、自分に尻《しり》を向けた白石に、そのまま襲いかかる。

「って、なんだよ!!　まだベッドメイクの途中――――んっ」

突然背後から伸《の》しかかられて、白石は呆気《あっけ》なく身を崩した。

外耳を齧《かじ》られ、全身をブルリと震わせた。

「どうせ乱すんだから、必要ねえって」

黒河の利き手が、ベッドに突っ伏す白石の胸元を、器用にまさぐってくる。

「――――そういうことじゃな…、っん」

抵抗しようにも外耳から頬へ、頬から唇へと這《は》う口付けは、すぐさま白石を翻弄《ほんろう》する。

『せっかく気持ちよく寝かせてやろうと思ったのに』

身体を返され、正面から抱きしめられてしまえば、あとは乱れたシーツを握るだけ。何も助けてはくれない洗い立てのシーツを自ら乱してしまう、ただそれだけだ。

「なら、どういうことだよ」

黒河は、クスクスと笑いながら、白石の手からシーツを外すと、それを自ら引き込んだ。

『身体に染みついたエチルアルコールの匂いが、陽だまりの匂いを消していく』

「帰ってくるなり、挑発《ちょうはつ》しといて――――責任取れって！」

じゃれるように、包むように、二人の身体をゴロリと回転させると、シーツをグルリと巻きつけた。

『全部が、療治の匂いになっていく』

二人してシーツにくるまれたためか、白石はいつになく鼻腔《びこう》をくすぐられた。

「キス…、しろよ。お前から」

そうでなくとも、黒河の上に重なる形で身を伏《ふ》せているのに、強気な催促《さいそく》に心まで捕《と》らわれる。

「…chu♡」

こうなっては、なすがまま。言われるままに、口付ける。

「なんか、いいな…これ」

当然、黒河はご機嫌《きげん》だ。

「何が？」

「遊んでるみてぇで、楽しい。ほら、子供がよくタオルケットとかにくるまって、ゴロゴロするだろう。あれと一緒で」

いい大人が子供じみたことをしている。それが余計に楽しいようだ。

「何が子供だよ。療治は高校生になっても、やってたよ」

しかし、そんな黒河を見下ろすと、白石は少しばかり呆れてみせた。

「え？」

「手持ち無沙汰《ぶさた》になると、ベッドに転がって、シーツやタオルケットにくるまってた。自分でぐるぐる巻きになって、ゴロゴロ転がって――――これも覚えてないの？」

高校時代の寮《りょう》生活の話を持ち出し、黒河に問いかけた。

〝何してるの？〟

〝手も足も出ないごっこ〟

〝は？〟

〝嘘。暇潰しだよ〟

〝変な遊び〟

〝――かもな〟

白石にしてみれば、忘れようもないほどの、黒河の変な癖《くせ》？

「そういや、そんなこともあったっけ」

だが、黒河にしてみれば、苦笑しか浮かばない過去の思い出らしく、視線を逸らすと、二人を巻きつけていたシーツを解《と》いた。再び身体をゴロリとさせると、すっかりぐちゃぐちゃになってしまったシーツの上に、白石を組み敷き直した。

「何言ってるんだよ。三日に一回はやってたじゃないか。しかも、年々二日に一回とか、一日一回とかになっていって…。俺は療治がタオルフェチなんだとずっと思ってた。さすがに大人になってからは、やってないみたいだけど」

せっかく綺麗に伸ばして干《ほ》したのに――。白石は、必要以上にシーツがシワだらけになったことに、唇を尖《とが》らせる。

「そら、寮を出てから、相手に不自由しなくなったからな」

「は？」

よほどムッとしていたのか、今夜は黒河の切実な言い訳にも、耳を貸さない。

「いや、なんでもない。そんなことより、続き、続き♡」

「んっ！」

どれほど機嫌が斜《なな》めになったところで、わざとらしくチュッとされれば、怒る気力など粉砕《ふんさい》してしまうのに。

「んっ…、ん」

髪をすかれて、より深いキスをされれば、機嫌の良し悪しなど、どうでもよくなってしまうのに。

「いい匂いがする」

「だろう。今日は天気がよかったから、洗濯物が気持ちよく乾いたんだ」

しかも黒河が、やっと気づいてくれた。欲しい言葉を言ってくれたとなれば、シーツばかりを握りしめていた両手も、自然と相手の背に回る。

「――――シーツじゃねぇよ。お前だよ」

「え？」

「お前の髪、なんでこんなに柔《やわ》らかくって、サラサラしてんだろうな」

「腰がないんだよ。昔から猫《ねこ》っ毛で」

込み上げる気恥ずかしさから紅潮すると、白石は黒河をギュッと抱きしめた。

「肌もスベスベで、色も白くて」

「褒《ほ》められた気がしない――――。それは女性を形容する言葉だ」

黒河の唇は、それでも愛撫《あいぶ》もリップサービスも、やめなかった。

「気分がいいんだから、素直に褒められとけよ」

「何、また外科部と救急を何往復もしたの？」

神から預かったとされる両手は、難なく白石の衣類を剝いでいき、死神から預かったとされる両目は、この時ばかりはエロスの眼差しのような色香《いろか》を放った。

「そういう可愛くないことを言うと、優しくしないぞ」

そうして自らも衣類を落とすと、黒河はソファとは逆側に置かれたサイドテーブルに、手を伸ばした。引き出しにしまい込まれたジェルのボトル、そしてコンドームを取り出すと、恥ずかしげもなく白石に見せつけてきた。

「尻を出せ」

未《いま》だにそれらからは視線を逸らし、身体を反らす白石の癖を利用し、ボトルの中身を窄《すぼ》みへ垂《た》らす。

「やあっ、冷たいっ！」

火照《ほて》った身体の中心に、無色透明のジェルが滴《したた》り、滑《すべ》る。

「ん――――…っ」

黒河は、自らの利き手にもジェルを垂らすと、その手で白石の双丘を撫でつけた。

浅い割れ目を撫でつけながら、ぬめるジェルを擦《こす》りつけるようにして、指の先で窄みを弄った。

「んっ……っ、そこ……や」

白石は、背後から抵抗なく侵入してくる指先に喘《あえ》ぐと、手元に転がる枕を掴んで抱き寄せた。

「好きなくせに」

ゆっくりと丹念に奥を探《さぐ》られ、肩から二の腕を嘗《な》め上げられて、後孔をキュッと絞る。

「んっ!!」

「素直に感じろよ。嫌いじゃないだろう？　最初はギチギチだったお前のここ、こうして俺の指が三本、スムーズに入るまで慣《な》らしてきたんだ。もう、ここだけでもイケるだろう？」

徐々に指を増やされ、肌を吸われて、身体を捩《よじ》る。中で蠢《うごめ》く器用な指先が一撫でし、その唇が白い肌に紅い痕《あと》を残していく度に、白石の身体はビクビクと震える。

「やっ!!　療治っ……っも、ん!!」

白石は、黒河に後孔を弄られ、上半身を愛撫されただけで射精した。

抱きしめていた枕に縋《すが》りつくと、そのまま声を殺すように顔を埋めた。

「お前の中、熔けたチョコレートよりねっとりしてる。食いついたら、どんだけ甘いか、わかんねぇな」

それでも、ヒクヒクと痙攣《けいれん》する孔から指を抜かれ、双丘を左右に開かれると、イッたばかりのそこに舌先を刺された。恥ずかしさから閉じようとすればするほど窄みの縁を嘗められ、舌先は縦横無尽《じゅうおうむじん》に果肉のような美尻を這い回った。

「やっぱり甘い――――。でも、まだまだ完熟《かんじゅく》って感じじゃない。お前、見た目は立派な大人のくせして、ここだけ青いって犯罪だぜ」

仕事も恋も雄弁《ゆうべん》に語る唇が、並びのいい白い歯が、わざと果肉を齧《かじ》って刺激を寄こす。

「お前を見てると、どんだけ俺が穢《けが》れてたんだかって、気になってくる」

本当にそこばかり攻められ、他の部位が不満を感じ始めた。

「あぁっ――――っ、も、いい。いいから、来て」

白石は、抱いていた枕を放すと、身体を捻《ひね》った。

「もう少し、味わってからな」

「や、早く」

黒河のほうへ手を伸ばすと、抱いてほしいとせがんだ。

「朱音？」

「一つになりたい」

全身が愛されることを望んでいる。

「一秒でも早く…。一秒でも…長く。だから――――来て」

全身が、黒河の肌を欲している。温《ぬく》もりを求めている。

「あとで、尻が痛いって言うなよ」

「言わないよ」

白石は己《おのれ》の欲望に従うと、黒河を誘い込んで、全身に全身を重ねた。

「でも、俺は言うぞ。お前に掻《か》かれた背中が痛いって」

猛《たけ》り狂った熱棒が楔《くさび》となる瞬間を待って、黒河に身を任せた。

「痛くて、痛くて、たまらない――――って」

黒河は利き腕で白石の左足を立てると、軽く持ち上げて、さんざん弄った蜜部にペニスを突き立てた。

「っ!! んっ」

潤《うる》んだ窄みは、ゴムを被《かぶ》せたところで難なく亀頭を飲み込むが、その後は自然と身体が拒《こば》んで、黒河の背に爪《つめ》を立てた。

「きついって…。挿《い》れろって強請《ねだ》ったんなら、力抜けよ」

「無理…、気にしないで強引に来て」

わかっているのに、怯《おび》える身体が疎《うと》ましい。

「っ…、っ」

「もっと奥まで――――療治…」

知るたびに、その高ぶりの熱さに震え、硬《かた》さに強張《こわば》り、大きすぎる快感に怖さを伴う、我が身が憎《にく》い。

「届いたか?」

「ん…っ、もう…入らない」

それでも白石は、黒河とのセックスが、このひとときが好きだと感じる自分に、嘘がつけなかった。

「こっちもだ」

「あんっ!!」

二つの肉体が一つに繋がる。最愛の男と一体となる悦びが、初めて全身を捕らえた時から、逃れる術を放棄《ほうき》した。

「いい——っ、療治は?」

打ち寄せる愉悦《ゆえつ》の波に抱かれて、吐息が漏れる。

「言うことねぇなぁ…。嵌《は》めっぱなしでいたいぐらいだ」

「俺も」

「っ!?」

「俺も、ずっと、療治とこうしていたい。このまま…、ずっと」

力いっぱい抱きしめると、一際中で高ぶりが大きくなって、白石を心でも悦ばせた。

「っ…っ、朱音」

「でも…、中に出されるのも好き——。だから、本当は何もつけてほしくない」

ただ、すべてが満たされていると感じるのに、不意に込み上げる悲愴感が、白石にはたまらなかった。

「おいおい」

「療治が俺の中でイク瞬間が好きなんだ。でも、ってことは、やっぱりずっとこうしてるのは、

無理か」

「――無理って言うなよ、失礼だな。なんなら、嵌めっぱなしで、やり続けるぞ」

「嘘、できないよ、そんなこと」

あまりに幸せすぎて、それが怖い。

自分でもどうにもならない感情の起伏が、しがみついた両手に自然と力を込めさせる。

「なんだと」

「なら、やれるもんなら、やってみろ。こんなに優しくしないで、俺に…気なんか遣わないで、思う存分やってみろ」

「っ!!」

白石は、わがままも大概にしろと、心の中では自分に叫んだ。

「できないくせに…。これなら、悪戯《いたずら》されてた時のが、よっぽど激しかった。何をされるにしても容赦《ようしゃ》がなくて、肺なんか…ちゃんとあってもなくても、息もできなかった」

愛されすぎていることに、不満などあろうはずもない。

優しくされる、大事にされることに、文句などあろうはずもない。

「嘘――――っ、ごめん」

ただ、もっと熱い黒河を、自分は知っていた。

もっと激しくて、もっと本能だけで荒々しく抱いてくる黒河を、自分は最初に受け止めていた。

「ごめん…療治。俺、何言ってるんだろう」

そう感じると、それが普通だろう黒河からの気遣いに、苛立《いらだ》ちが生じる。

気を遣わせている自分自身に、どうしようもない切なさと、不安ばかりが込み上げる。

「馬鹿。謝ることじゃない。お前はまだ、セックスってもんをよくわかってないだけだ。これに関してだけは、経験不足。しかも、俺の側面しか知らないだけだ」

「いらない、そんなフォロー」

どうしてここで「そうかな？」と言えないのだろう？　「だったらいいけど…」と、答えられないのだろう？

こんなに誰かに甘える自分を、白石は知らない。

勝手気ままにわがままを並べてしまう自分に、まったく覚えがない。

「フォローなんかしてねぇよ。ただ、俺は一度に手の内を晒すような、馬鹿じゃねぇって言ってんだ。お前をいつまでも愉《たの》しませたいから、あの手この手で迫《せま》ってんだよ。ただそれだけだ。間違っても年食ったとか言うなよ」

きっとそれは黒河だってわかっている。わかっているはずなのに、怒ることもなければ、叱《しか》ることもない。だから、余計に苦しくなる。

『療治…』

もう痛むこともなくなったはずの胸が、病巣《びょうそう》を取り去り快復したはずの胸部が、キュッとなって、怖くなる。

『お願い、嫌いになるぐらいなら、俺を壊して。嫌いになって離れるぐらいなら、俺を…』

胸部の中心に約十五センチ。胸部右下に約十センチ。

消えることのない手術の痕は、一度は通り過ぎた死神が残した爪の痕。二人の間に新たな関係をつくった証であり、終わりを警告する死の刻印だ。

「ほら、そろそろ一度イカせろ」

だから、もっと抱いて――――と、白石は縋る。

「お前の中、じっくり味わわせろ」

いっそ狂わせて――――と、時には凶暴なまでに愉悦を貪る。

「お前のここな、急《せ》かすよりこうしてゆっくりと攻めてやるほうが、悦ぶんだよ。どんどん滑って、柔らかくなるのに、それ以上きつく締めるようになるんだよ。わかってねぇだろう、自分でも」

だが、得られるのはいつも負担にならない快感だ。

「俺はこれがよくって、こうしてるんだよ」

優しくて、穏《おだ》やかで、心地よい。真綿にくるまれたような、絶頂だ。

「これが一番、気持ちいい。一番気持ちいいからさ」

耳の奥に絡む吐息が、真実なのか、偽《いつわ》りなのか、気遣いなのかはわからない。

『流一…、流一――――。どうか俺に、強さを分けて』

けれど、それでも今夜も白石は黒河が与える悦びに耽溺《たんでき》していった。

『最期まで愛されるための――――…、お前のような心の強さを』

気がつけば甘い疼《うず》きと、至福だけが残る、極上のひとときに流れていった。

2

病院からの呼び出しもなく、一夜を明かした翌日。白石は身体に残る気だるさが心地よい、この腕の中が気持ちいい――そう感じながらも、明らかな空腹感からボソリと呟《つぶや》いた。

「帰ってくるなり、夕飯も食べないで、何してんだろうね」

「セックス」

隣に身を置いたままの黒河は、フッと笑った。

昨夜の不安が嘘のように、白石は穏やかな気持ちで、その笑みを受ける。

「まだまだ食い気より色気ってことさ」

黒河は、腕の中に抱きしめた白石のこめかみに唇を這わせ、口付けた。

「朱音…」

結局シーツ一枚に身をくるんだまま寝てしまった二人の距離は、世界で一番密接だ。

「でも、おなか空《す》いてるだろう」

嬉しい。けど、きりがない。一生このまま抜けられなくなりそうで、白石は黒河の胸をそっと押した。

「すぐに用意するから待ってて。でないと、食べないで出勤することになる」

一度身体を離すと、自分からキスをした。

黒河の機嫌を取りながらも、身体を起こして、ベッドから足を下ろそうとする。

「まだいいって」

「ぁ！」

と、頭からシーツを被され、包み込むように、抱きすくめられた。

「言っただろう、食い気より色気だって」

特別に頑丈《がんじょう》なわけではないが、バランスがよく、しなやかな筋肉を纏った腕が、白石を再び至福の中に閉じ込める。

「療治…」

「こうしてると、ウエディングヴェールを被ってるみたいにも見えるな」

黒河は耳元に顔を寄せると、白石に言った。

「何ふざけたこと言ってるんだよ、朝っぱらから」

白石は、思わず笑ってしまい、肩が震えた。

「いや、男のお前に言うのはなんだが、これまでに見てきたどんな花嫁より綺麗だ」

しかし、黒河はその後も真面目《まじめ》なトーンで囁き続けた。

「…っ」

「美人で、清楚《せいそ》で、清潔で――――。やっぱ社会復帰はいいにしても、日中野放しにしておくには心配だ」

傍に置かれたソファへと手を伸ばすと、シワになるのも気にせず脱ぎ捨てていたスーツの上着を手繰《たぐ》り寄せ、そのうちポケットからジュエリーケースを取り出した。

「っ、療治⁉」

予告もなしに目の前で開かれたそれに、白石は驚きから目を見開いた。

「ってことで、ベタな虫除《むしよ》け」

黒河は、口元だけで笑うと、ケースの中で二つ並んだうちの片方を摘《つま》み上げる。

「お前に盲目《もうもく》っていう相手じゃ、大して役には立たないが――――。常識人相手なら、少しは効力もあるだろう。ほら」

残った一つをケースごと白石の右手に預けると、開いた左手を左手で掴み、その薬指にキラキラと光るリングを嵌めていった。

「療治が…これを？　マリッジリングを、俺に？」

白石のほっそりとした白い指に、黒河からの深い愛が輝く。

「柄じゃねぇのはわかってるけど、お前…欲しかったんだろう？　流一の結婚式の時、すっげえ羨ましそうな顔してたし…。指輪のCMが流れるたびに、反応してたからさ」

黒河は、寸分の狂いもなくピタリと嵌まったそれに、満足そうだ。

「えっ、でもこれ…。ETERNO《エテルノ》のリングだよ。ETERNOはオーダーしてから三年待ちが当たり前っていう、プレミアブランドのはずなのに…、どうして？」

ただ白石は、残りのリングのデザインや、収められていたケースの刻印《こくいん》を見ると、嬉しいという感情より先に動揺を示した。

「は？　そんな大層なブランドだったのか？　ここの社長とは、親の代から付き合いがあるが、そんなことは一度も聞いたことないぞ」

「普通言わなくても、知ってるよ。だって、ここは創業以来一点一点が手作りで、それ以外はやってないから、オーダーの期日に関しては、いっさい融通がきかないので有名なところなんだ。そのために、海外王室が結婚式の日取りを先延ばしにしたことがあるぐらい、期日に関してだけは譲歩してくれない――――、だからこそのプレミアブランドなんだから」

黒河が選んでくれたリングには、お金だけでは買えない価値がある。

手に入れるまでに、最低三年という時間を必要とする現実がある。

それを知っているだけに、白石はひどく怯えた顔をした。

「は～。随分、わがままな仕事してやがったんだな、福永《ふくなが》の奴。でもま、商売なんだから、例外はあるだろう。コネもあったし」

「そもそも花嫁が三年も待てない。この分じゃ、一年もつかわからないって、知っているから？」

リングに込められているものが、愛だけではない。黒河からの思いやりだけではない。もっと、残酷な事実が込められているのではないか？　と思えて、その目が潤んだ。

「朱音!?」

そんな白石に、黒河は本気で驚いた顔をする。

「ごめん。だって…もしかして、だからかなって…。そうでなければ、ありえないかなって」

そういうつもりは微塵《みじん》もない。言ったこともない。

黒河の反応から、白石は、すぐにそのことがわかってホッとした。が、それでも一度込み上げた不安は、急には身体から抜けてくれない。

白石の身体は黒河の腕の中で、ふるふると震え続けた。今だけは死神から預かったと言われる目が怖くて、生死を見極める眼差しが怖くて、視線も逸らした。

「馬鹿言えよ。指輪一個でそんな発想になるなら、正直にゲロするって。こいつは、親父とお袋の形見だ。もともとあったやつを、サイズ調整してもらったから、頼んで仕上がるまでに三年なんて必要がなかった。ただ、それだけのことさ」

黒河は、そんな白石をギュッと抱く。

「ま、それだって、たかがサイズ直しに三カ月も待たされたから、随分怠慢《たいまん》な仕事してやがんなとは、思ってたけどよ。待たされたのに、そういう意味があったんだって、俺も今知ったよ」

その腕からは、リング一つでこんな不安を与えるとは、思ってもいなかった。

喜ぶか、照《て》れるか、それ以外の想定などしていなかった。

そんな驚きが、黒河の全身を通して、白石にも伝わっていく。

「――――…そう。そうだったんだ。なら、わかる。納得…。サイズ直しに、三カ月。それは、通常だ」

「俺には異常としか、思えねぇがな」

白石が視線を戻したあとも、黒河から驚きは消えていない。

リング一つを作って売るのに、そこまで時間を必要とする宝飾店があるなど、考えたこともなかった。と、その顔には、怒りまで見え始めている。

「でも、ご両親のものにしては…、随分綺麗だよね。これって、研磨《けんま》もかけてもらったの？　だとしたら、アームにこれだけ細工《さいく》があるんだもん、三カ月って超最速だよ。うん」

白石は、このままでは宝飾店に文句が行きそうだと思い、慌ててフォローした。

「いや、元からこんなんだったぜ。仕事柄、ずっとケースに入れっぱなしだったから、両方とも一度か二度しか嵌めてないんだ」

が、こんな時に限って、スルー。これには白石の顔にも、苦笑が浮かんだ。

「もっとも、だからこうして形見《かたみ》として残っていた。むしろ、肌身離さず身につけていたら、一緒になくなってたかもしれないな。そういう曰《いわ》くつきの品物だから、黙ってようかと思ったんだが――――、やっぱそうはいかないようにできてるんだな」

だが、気持ちは通じたのか、黒河は機嫌を取り戻すと、抱きしめ直してきた。

「…っ、ううん。そういうことなら、本当に納得。ありがとう、療治。嬉しいよ」

白石もその顔に笑みを戻すと、指に嵌められたリングを改めて眺《なが》めた。

「そんな大切な品を、俺のために…。本当に、嬉しい」

この指輪を選んだ理由、ブランドへの無関心、こうしてみると、何から何まで黒河らしかった。

「でも、いいのかな？　俺なんかが、もらっちゃって。確か…療治のご両親って、住み込みで勤めてて、亡くなったんだよね？　ってことは、形見も少ないよね？」

世界でたった一つ、恋愛の証――――。

エタニティーリングとマリッジリングしか作らないことで有名な老舗《しにせ》宝飾店。そのブランドのキャッチコピーなど、きっと黒河は知りもしない。

一点一点が、すべてオリジナルデザインによる、ハンドメイドのマリッジリングが、永遠に対であることを願い、〝ETERNO・ASOCIADO─永遠のパートナー─〟と名づけられていることも、聞いたことさえないかもしれない。

「ああ。俺が学校に行ってる時に、全部爆撃で吹っ飛ばされたからな。正直、それしかねぇ。しかも、残ってるのは偶然だ。俺が構ってもらえない腹いせに勝手に持ち出して、学校の庭に埋《う》めてたんだ。気づいたら、さぞ騒ぐだろう。怒られるだろうと思って」

『────っ、療治』

だが、よくよく考えれば、そんな俗物《ぞくぶつ》的なことに黒河が関心を持つはずがない。

興味を覚えるはずがない。

黒河の意識の中に残る指輪の記憶は、こんなにも苦く、残酷だ。

乙女が夢に見るような、甘い憧《あこが》れや希望とは、無縁なものだ。

「けど、まったく気づかないまま逝《い》っちまった。最期まで、自分たちは息子に理解されてる。そう信じたまま────、逝っちまった」

黒河の両親は、ボランティアとして戦地で働く医師と看護婦だった。戦地で出会い結婚し、そして黒河のことも戦地で産んで戦地で育てた、強靱《きょうじん》な心の持ち主たちだ。

「本当は、二人の墓に一緒に入れようかと思ったんだけど、できなかった。手放すことで、自分が現実から目を背《そむ》けそうで。それまでに見てきた何もかもを、記憶そのものまで、埋めちまうような気がして…」

しかも、そんな夫婦は黒河が子供の頃に、職務を全《まっと》うする中で亡くなった。

日本に戻るも、引き取り手のなかった黒河は、両親の恩師であった東都医大の院長、和泉正志《まさし》の申し出を受けると、医師になることだけを目指して東都大学の付属小等部に身を置いた。

それ以後、中等部、高等部、大学部を経て医大へと進み、今では医師として得た収入の大半を医療基金に充てている。

「国を離れて、必死に勤めていた両親のこと。ちゃちな理由で拗ねた、馬鹿な自分のこと。戦争があること。野戦病院に誤爆《ごばく》するようなド阿呆《あほう》が、同じ人間なんだってこと。そして何より、両親と一緒に死んだ人間の多くが、自力じゃ逃げ出すこともできない患者だったこと――。でも、それを忘れたくないから、手元に残した。思い出と戒《いまし》め…、それをなくさないために、ずっと取っておいた」

一緒に暮らそうか――。

そうなった時に、黒河が申し訳なさそうに「お前のところに転がり込んでもいいか？」と言ってきたのは、白石自身の住み慣れた環境に合わせるという意味もあったが、自分さえ下手なプライドを持たなければ、今までどおりの寄付ができる。この国に身を置きながらも、異国の空の下で苦しむ人々に支援が続けられるという、わかりやすい理由のためだ。

「だから、お前に指輪…って思った時、最初は買うつもりだった。けど、お前なら、こんな話しても、受け取ってくれる。馬鹿なガキがささやかに持ち続けてる後悔ごと受け止めてくれる。そう思って、これを直すことに決めた」

白石は、黒河の話を聞くうちに、本当に自分は贅沢だなと、反省が過《よ》ぎった。

「――――って、勝手すぎか？　曰くありすぎだよな？　やっぱお前が好きなのを自分で選んでいいぞ。買ってやるから。なんなら三年待ちのオーダーをしてもいいし」

黒河という男、医師を必要としている人間は、きっと数えきれないほどいる。

こんな平和な国にではなく、本当はもっと過酷な場所にいる。

健康でいてさえ命を危《あや》ぶまれるような、そんな危険な場所にいる。

それこそ、黒河が生まれ育ったような、荒《すさ》んだ異国の空の下に――――。

「馬鹿言うなよ！　もう返さないよ。こんな世界にたった一つしかないもの。俺と出会う前の、子供の頃の療治の大切なものが全部詰まってるのに、それを知ったら、尚更別のなんか欲しくないって。たとえ俺に何かがあっても、勝手に外したら恨むから！　絶対に俺の指から外すなよ!!」

なのに、こんなにも彼を束縛《そくばく》して。

こんなにも、彼を独《ひと》り占《じ》めにして。

「…朱音」

それでも不安がるなど、罰《ばち》が当たる。

「なら――――、俺にも嵌めてくれるか？」

「え？」

幸せすぎて怖いなんて――――口が裂けても言えない。

「仕事には邪魔になる。だから、すぐに外す。多分…次に嵌めるのは、いつになるかわからない。けど、一応さ」

「っ…、ん」

白石は、手にしたボックスの中から残りの指輪を取ると、それを差し出された黒河の左手の薬指へと向けた。

「何、震えてんだよ」

「――…だって、こんなことする日がくるなんて、思わなかった…、ぁっ！」

上手くできずに落としてしまい、それを拾い直すだけで、胸が熱くなった。

「ごめん…」

謝りながらも、やっとの思いで、黒河の指に指輪を嵌める。

「馬鹿、何泣いてんだよ」

「――っ、馬鹿って言うな」

ここには指輪の交換を見守る神はいない。その使いも、祝福する友たちもいない。

だが、こうして永遠を誓い合える相手がいる。愛し愛される者がいるというだけで、白石は嬉しくなって息を詰まらせた。

「お前、たまらねぇな」

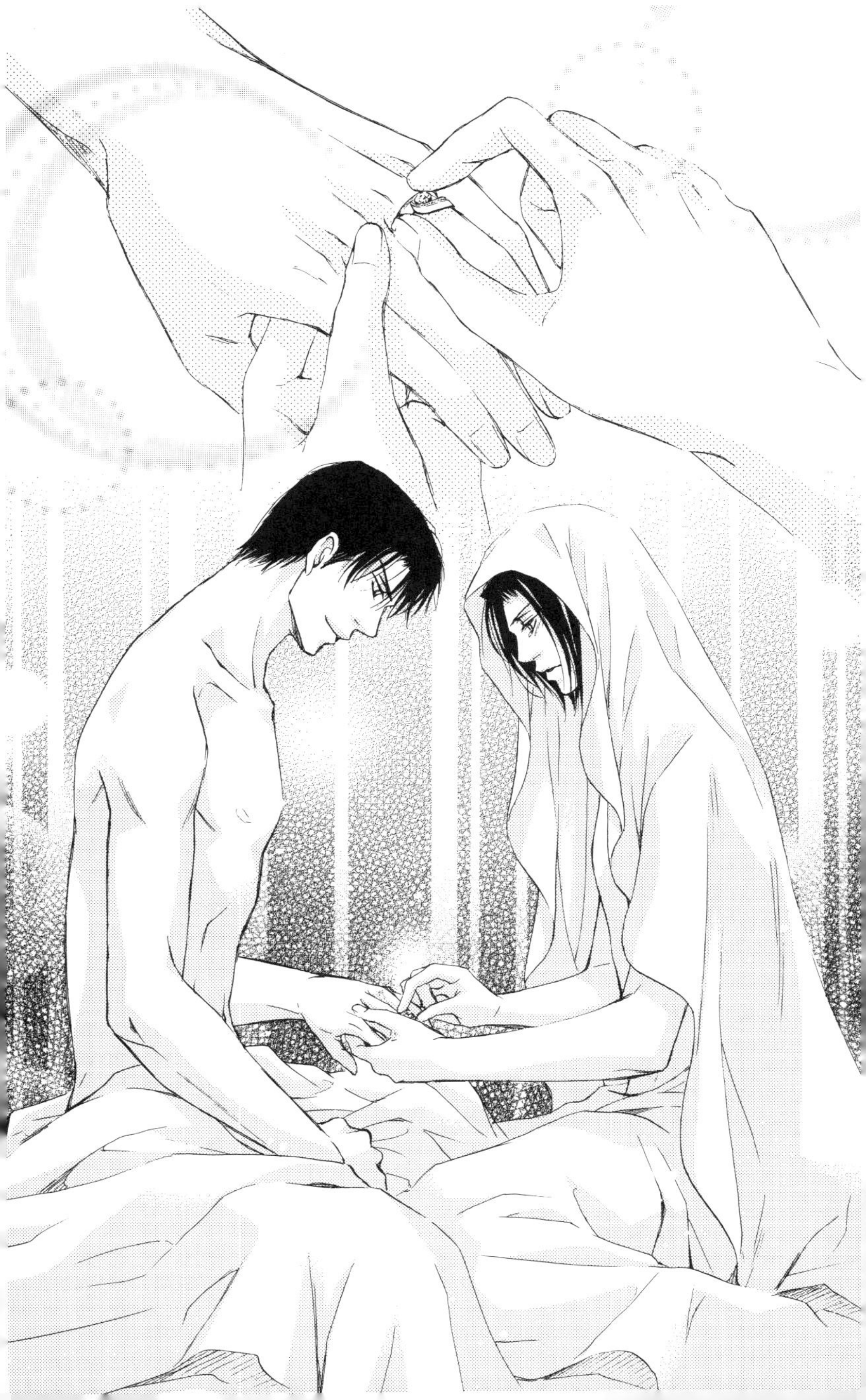

そう言って自分を抱きすくめる男の指には、数えきれないほどの思いと決意が形となって、光り輝いている。

「なんか、お前のためなら、なんでもできそう」

その胸に身を任せる自分の指にも、世界でたった一人だけ、愛した男のすべてを分かち合うことを許された、そんな証が輝いている。

「やっぱ手の内なんか隠しておかないで、三日三晩嵌めっぱなしで、犯してみるか？」

「っ、ん…。療治っ」

白石は、恐怖さえ退《しりぞ》かせた至福に包まれると、黒河が欲しがるままにキスをした。

「なぁ、朱音」

『療治――――っ』

自らも抱きしめ、空腹さえ忘れて、唇を貪った。

「おはようございます。お迎えに上がりました」

「っ!!」

「あっ」

しかし、あまりに夢中になりすぎて、時間の経《た》つのも忘れていたのだろう。白石たちはかけ声と共に、寝室の扉をドン！　と叩かれると、揃ってビクリとした。

「いつまでもそうしていたいお気持ちはわかりますが、お二人とも社会人なんですから、出勤時間はお忘れなく。新婚、ラブラブも大変けっこうな話ですが、温暖化に協力してオゾン層を破壊することがないようにお願いしますよ！　目指すは、地球に優しいＮＡＳＣＩＴＡ。地球の主治医・東都グループですから！」

　昨夜の酒がよほどまずかったのか、朝から不機嫌丸出しの野上に、お小言を食らった。

「野上の奴、絶対に性格変わったよな。真顔で寒いこと言うようになった。とうとうオヤジに足突っ込んだか？」

「聞こえるよ、療治!!　それより、指輪。ちゃんとしまっておかないと…」

「――ああ」

　季節は春爛漫《らんまん》。外は晴れ晴れとした快晴だった。

「何をイチャイチャしてるんです！　遅刻しますよ」

「はっ、はい。今すぐ支度しますっ!!」

　だが、白石の頭上にだけは、一日中雷雲がついて回りそうだった。

＊＊＊

　年商二百億ともいわれる東都グループの医療機器部門。そのトップに君臨《くんりん》する医療機器製造販売メーカー・ＮＡＳＣＩＴＡ本社は、白石の自宅マンションがある六本木《ろっぽんぎ》から目と鼻の先の青山《あおやま》にあった。

「――以上が、本日のスケジュールになります」

「ありがとう。そういえば、レインボーファーム本社の蒼山《あおやま》営業係長とのセッティングはどうなってる？」

行き来は秘書の野上が、車で送り迎え。そのためもあってか、白石の仕事に入ると決めた瞬間の切り替えは早く、自宅の玄関を一歩出た時には、その顔つきを変えていた。

「明日の正午から二時間ほど。どちらか店をと考えましたが、お二人のことです。移動時間さえ惜しんで、お話を楽しまれるのではないかと思いまして、社長のお部屋でランチを取れるよう手配しました。万が一にもお話が長引いても、それでしたら次の予定も調整できますし」

「そう。いろいろ気を遣ってもらって、ありがとう。明日か…楽しみだな——。彼にはぜひいい話ができるように、今日の幹部会、頑張らなきゃ」

「さようでございますね」

「うん」

野上にドアを開かれて車の後部席に乗り込む時には、完全に社内にいるのと変わらない。美しい中にも凛々《りり》しさが光る、そんな顔つきになっていた。

「どうぞ」

「ありがとう。あ、車内で会議用の書類にもう一度目を通しちゃうから、着いたら教えて」

「はい」

こうなると、たとえバックミラー越しに、野上が書類を持つ手にきらめくエタニティーリングに気を取られることがあっても、白石自身は彼の視線に気づかない。

「ところで、社長。それは、黒河先生からのプレゼントですか？」

「……………」

どれほど朝食を甘いキスですませてしまうような醜態《しゅうたい》を見せても、からかうことも困難なオーラを漲らせる。

『聞こえていないか。もう、書類に夢中だ。朱音さん。これでは黒河先生が声をかけたところで、仕事に関係のない話では、反応しないかもしれない。こういうところは、先代にそっくりだ』

白石は公私共に野上には、微苦笑ばかりを浮かべさせていた。

野上は視線を前へと戻すと、その後は運転に集中した。

エンジンをふかすと、マンションの駐車場から路上へとハンドルを切った。

『見た目の印象だけで、勘違いされてしまうことは多々あるが、朱音さんの芯《しん》の強さは、先代に負けず劣らずだ。粘り強さだけでいうなら、初めから経営者だった先代より、研究の道に没頭《ぼっとう》してきた朱音さんのほうが、あるぐらいだし――――』

どんなに目と鼻の先の慣れた道、わずかな走行距離とはいえ、預かっているのは大切な主《あるじ》の命。

それも今を懸命に生きる白石の命だけに、野上も走り出したら、一瞬たりとも注意を怠《おこた》らない。

『何より、自宅勤務でもいい、こうして週の半分、顔を出してくれるだけでありがたいと社員たちに言わせるのは、朱音さんだからこそで…。先代のような〝俺についてこい〟という圧倒感はないものの、誰もがこの人を支えよう、この人の力になろう、そうして会社を守《も》り立てていこう…という気持ちになれるのは、朱音さんの魅力と人柄、何より社員を大事にしてきたことへの、正当な見返りだ』

　これまでなら、時間惜しさに通り過ぎてしまったこともある黄色の信号さえ、しっかりとブレーキを踏むようになった。

『常に新しいものを作ろう、これまで以上にいいものを世に出していこう、会社の利益だけに目を奪われるのではなく、人にも地球にも優しい機器作り、企業づくりを目指そう――――という、NASCITAのコンセプトに、これほど似合う代表はいない』

　些細《ささい》なことから、事故に繋がらないよう、何倍も注意深くなった。

「――――社長。到着します」

　そうして今朝も、車は無事に本社ビルの地下駐車場へと着いた。

　夜ともなれば東京《とうきょう》タワーのイルミネーションが美しく見える二十五階建てのオフィスビルは、白石が社長に就任するわずか二年前に建ったばかりで、築五年程度しか経っていない本社は、外観も内装も新築同然の美観を誇っている。

「…っ!!　ん。わかった」

　白石は、手にしていた書類を鞄へ入れると長めの前髪を手ぐしでかきあげ、深呼吸を一つした。

「さ、社長」

「ありがとう」

　再び後部座席の扉を開かれ、車から降りる。

　颯爽と歩き、エレベーターに乗り込む姿には、いつの間にか社長らしい風格が身についている。

前社長が亡くなり、跡を継いだ約三年前に比べたら、野上が見ても、頼もしいとしかいいようがない。

『だが、朱音さん自身のお身体のこと、また会社のことを考えるならば、今のうちに代表交代は検討しなければならない。少なくとも、次期社長の目処《めど》は立てておかなければならない』

しかし、白石をエスコートする野上は、以前より明らかに痩《や》せた彼の後ろ姿に、時折眉を顰《ひそ》めていた。

私情だけでいうならば、こんなことは考えたくない。現状で維持できるものなら、会社の体制も変えたくない。が、白石がNASCITAのトップを退くことは、白石本人が一番検討している。本当ならば昨年の夏、最初に癌の告知を受けた時に、余命を引き継ぎに充てたぐらい、そのことには一番気を遣っている。

たとえ手術が成功し、病巣を取り除き、こうして危機を脱した今でも、顧問弁護士の元には白石からの遺言状が預けられている。自分に何かが起こった時に、残された社員が慌てないよう、また行く末を見失わないよう、冷静な判断と強い意志で綴《つづ》られたそれが、更新されるごとに白石から野上へ、野上から弁護士へと手渡されて、保管されているのだ。

『次期社長――――を』

ただ、そこまで準備を整えながらも、白石はこうして社長職を勧めていた。

自ら交代という話は、まだ口にしていなかった。

『とはいえ、何かにつけて保守的で、家督《かとく》主義で、冒険を避けて通る年配組中心のハト派のトップ、朱音さんの叔父でもあるワシントン支社長は、研究開発に関心がある方ではない。今時の五十代後半にしては、考え方も古い。申し訳ないが、彼がどんなに社内で人脈を固めたところで、朱音さんが納得しないだろう。商品開発に興味のない男など、社長であると同時に、NASCITAの筆頭株主でもある朱音さんが首を縦に振らない。首を振らなければ、彼がトップに立つことはない。それこそ、残りの持ち株を根こそぎ買いあさられない限り、彼の今以上の出世はない』

おそらく、白石にも野上と同じ迷い、そして躊躇いがあるのだろう。

『――――もっとも、次期社長に近いところにいるとされる代表取締役専務は、朱音さんより若い上に、前社長をコピーしたような性格だ。攻撃的で、ワンマンで。何より実力主義で、どんな冒険も厭《いと》わない。若手組中心の過激派…タカ派のトップだ』

前社長が他界した時と今では、状況が違う。

幹部の顔ぶれは変わらないものの、水面下での派閥闘争は、明らかに強まっている。

特に、若いながらも重役として、ハト派とタカ派の間を上手く行き来していた鎹《かすがい》のような男、朱雀流一というブレーンが他界したことで、白石は頼みの綱の一本を失った。

それも、もっとも強靭で太い一本を――――。

そのために、つい最近も白石は遺言状を書き直し、一度はまとめ上げていたかもしれない社長交代の構想を、再び練《ね》り直していた。

遺言状に託された方法は、あくまでも最悪時を想定した時の方法。それだけに白石は、自分が動ける限りは、最良の方法を探し続けるだろう。これならと思う策を、もっとも円満かつスムーズである方法を、できる限り探していくだろう。

それも自分の仕事の一つ、社長としての仕事の一つとして。

『どれだけ優れていても、力があっても、歴史のあるNASCITAで〝若さ〟は、ハンデになる。社長の血族でもない彼が、重役たちが一致団結したような後ろ盾もなくトップに収まるのは難しい』

野上は、白石がいつなん時、どんな決断をしても、力になれるように常に構えていた。決して小さくはない、NASCITAという城を死守することが、野上なりの愛の形だった。先代から仕えた恩義もさることながら、白石自身は黒河が全力で死守してくれる。だからこそ、自分はせめてNASCITAをと決意し、野上は白石を一歩下がった位置から見つめ続けていた。駐車場から社長室までのわずかな移動距離でさえ、一瞬たりとも目を離すことなく、守り続けていた。

『それこそ朱音さんが後押しに回ったとしても、何かとぶつかる常務や、その一派、ハト派からも、三割は懐柔しなければ、トップに立たせたところで総括できない。どんなに前社長ほどの手腕を持っていても、専務は専務で、前社長本人ではない。何より前社長に溺愛されて育てられた分、余計な嫉妬や僻《ひが》みもあって、彼には敵が多すぎる』

だが、駐車場からエレベーターでエントランスのある一階に上がり、扉が開いた時だった。

『――――と、当人の登場か』

開かれた扉から中へ入ってきたのは、今年三十一という若さで、すでに専務という大役に就いて四年になる、鷹栖《たかす》愛《めぐむ》だった。

「おはようございます。社長」

「おはよう、専務」

鷹栖は入社一年目から、その優れた頭脳と容姿で、他を圧倒する存在感を放っていた。

彼が、社内どころか東都グループ内に一躍その名を知らしめたのは、今から七年も前のことで、NASCITAが米国のファンド会社より敵対的買収を仕掛けられ、その一連の騒動が無事に解決した時だった。

今でも語り草になっているほど、あざやかで新しい解決法。それどころか、相手を返り討ちにしたほどの戦略を提案、実行し、見事に成功させると、そこから鷹栖は快進撃を見せ始めたのだ。

「本日は定時までお勤めですか？　それとも、午後は病院ですか？」

『相変わらず、キツイ物言いだな。どうして彼はもっとも味方にできるはずの朱音さんに対して、いつも攻撃的なんだ。何かと、つっけんどんなんだ』

鷹栖は、周囲からの絶大な信頼のもとに、次々と大きな仕事をこなしていった。

前社長自らが目をかけ、一部の重役たちが後押しをし、年齢に関係なく異例な出世をさせたことから、三十前という若さで、代表取締役専務にも就任していた。

それこそ、前社長が他界寸前に、遺言としてその座を息子に託《たく》していなければ、確実に前社長の弟と鷹栖の間で、戦いは起こった。社を二分にする争いが起こったであろうと思われるほど、彼は彼を援護するブレーンも、確実に増やしていたのだ。

「――――病院は毎週火曜の午後。この日程は、しばらく変わらない。だから、今日も昼で早退することになる。申し訳ないけど、頼むね」

「そうですか。でしたら、その旨《むね》は筒井《つつい》常務におっしゃってください。私はあの方と違って、愛人を囲うほどの暇《ひま》なんかありません。常に自分の仕事で、精一杯ですから」

「っ…、そう」

だが、だからこそ鷹栖は、いつも野上に〝これさえなければ〟という顔をさせた。

『そりゃ、誰より前社長に仕えた、意思に従ってきたという思いが強い分、生前あまり親子仲がよろしくなかった朱音さんに、前社長が命ともいえる会社を託したことが納得できない。実力主義を謳《うた》った前社長が、最後は血筋で跡取りを選んだのか!? と、未《いま》だに根に持っているのかもしれないが…。だとしても、それを躊躇いもなく顔に出すというのは、子供じみてて、困ったものだ』

小さな溜息を、人知れず漏らさせた。

『だいたい、朱音さんが選ばれたのは、そんなことではない。今後のNASCITAの目標に、もっとも相応《ふさわ》しい人だから。象徴になれる人だから。そのために、誰より努力ができる人だから。ただそれだけだろうに――――』

そうするうちに、白石と鷹栖、二人の秘書を乗せたエレベーターは、重役の個室がひしめく二十四階へと到着した。

白石を筆頭に四人が部屋へと向かって歩き始めると、すぐさまその姿を見つけた社員たちが、集まってきた。

「おはようございます、社長」

「おはようございます、専務」

一時は塞ぎ込んで、挨拶《あいさつ》さえ暗かった社員たちに、覇気《はき》が満ちている。

「社長、本日もとても顔色がよろしいですね。なんだか、それだけで嬉しくなります」

「ありがとう。そう言ってもらえるだけで、朝から無駄に元気になりそうだ」

社長の息子ではあっても、普通に研究員として入社した時から白石の人気は高かった。が、今となっては絶大だ。一度倒れたことがきっかけになって、白石への好意や執着を目に見える形で示してくる者は断然多くなった。

「なら、私も言いますよ」

「僕も」

「私も!!」

なぜなら、話しかけるまでに躊躇いはあっても、一度それをクリアしてしまえば、とっつきやすい白石は、手の届かない天上人ではない。

社員側、使われる側で長く勤めていた分、むしろ幹部たちより社員側に近い存在であることを、その立ち居振る舞いの中で伝えてくれる。となれば、白石の穏やかで優しい微笑は、老若男女問わずに好感が持たれ、社内を自然と明るくしてくれる。

野上が知る限り、白石ほど社員に好かれている社長はいない。

東都系の会社であるならなおのこと、野上は業績を上げ続けるＮＡＳＣＩＴＡの機動力、原動力は、この白石の人気に他ならないものがあると感じていた。

「――――そんなに言われても、容量オーバーだって。気持ちだけは受け取っとくけど、張り切りすぎて失敗したら困るからね」

「社長ってば!!」

鷹栖は、白石たちのやり取りを、静かに横目で窺《うかが》っていた。

「あ、それはそうと社長。今月から食堂のメニューを増やしてくださって、ありがとうございました。とにかくランチプレートがすごくおしゃれになって、女性社員には大人気なんですよ。多分、外に食べに出てた子も、今では食堂で…。毎日盛況なもので、料理長もご機嫌です」

「それに、社長が提案してくださった屋上ガーデンの改築と、社員への開放。あれが本当に評判いいです。屋上なのに、緑や花がいっぱいあって…。手軽にカフェにいるような気分が味わえるゾーンもあって。すごくリフレッシュできるって、みんな言ってます。中には、あそこで商談をまとめた営業もいるそうですよ。お得意様が気に入ってしまって、来ると必ず立ち寄られる方もいるぐらいだとか」

「そう。それは想定外の効果だね。私は社内に寛《くつろ》げる空間があれば…って思っただけなのに。さすがは、我が社の営業は敏腕だ」

「ですね」

野上は今にも何か言い出しそうな鷹栖のほうを、気にかける。

「――――社長、私はこれで。急ぎの仕事がありますから」

「っ…、あ。ああ」

鷹栖が、この場で何かを発することはなかった。だが、その眼差しは普段にもまして冷ややかで、無感情で、一瞬にして白石から笑顔を奪った。

『わかっていながら、受け入れられない。どうしても、これまでの態度が改まらない。ここが今や〝NASCITAの鷹《たか》〟とまで呼ばれる、鷹栖専務の弱点だ』

周囲にいた社員たちの笑顔も、固まらせた。

『真逆のタイプとはいえ、朱音さんと並んでいても引けを取らない、見栄えのいい色男なのに。どうしてああムスッとした顔ばかりしているんだか』

野上はそれとなく白石の腕に触れると、そろそろ部屋へ――――と合図した。

先ほどの話ではないが、本日は火曜日。午後から白石は病院に行かなくてはならない。

ここでの仕事も半日と限られている分、白石を慕う彼らには悪いが、秘書としては一秒たりとも無駄にはできない。

予定を、狂わせるわけにはいかない。

『昨夜だって、話があるというから、付き合ったのに…。私という立場の人間を懐柔しにかかるのかと思いきや、終始《しゅうし》生前の前社長についての思い出話だ。最近誰もが朱音さん朱音さんで、前社長を偲《しの》ぶ奴がめっきり減ったという愚痴《ぐち》零しだ』

野上の意図を察してか、白石はすぐに頷いた。

「じゃあ、私はこれで。あ、今日にでもその新作のランチ、食べに行ってみるよ」

「はい!!」

「それでは、特等席をお取りしておきますね」

「本当？　じゃあ、お言葉に甘えて、野上の分と二席――ヨロシクね」

「はい♡」

周りの社員たちに笑顔を取り戻すと、軽く手を振り、社長室へと歩いて行った。

『――まぁ、母子家庭で育った分、前社長を父のように慕っていた。それは私も彼も同じだけに、気持ちはわかるが…。ああしてどんなに絡まれても、笑い流しているところは、やはり朱音さんのほうが一枚上だ。顔に似合わず侮《あなど》れないところは、亡くなった前社長の血だな』

その後ろ姿を見守るのは、野上だけではない。その場に居合わせた、社員だけでもない。

『白石朱音――か』

自室の扉の前で足を止めた鷹栖愛もまた、その一人だった。


半日あまりの日程を無事に終わらせた白石は、いつなく機嫌がよかった。

『用意していた企画がすべて通った――。これなら明日も蒼山係長に、最高の報告ができそうだ』

予定していた幹部会議での進行や結果が、よほどスムーズだったのだろう。テーブル上で書類を片づける両手までもが軽やかで、背後に立っていた野上にさえ、微笑を浮かべさせていた。

「さ、ランチに行こうか、野上。席を取っといてもらってる」

「――――社長。先によろしいですか？」

だが、そんな白石の足を止めたのは、鷹栖だった。

「どうした？」

「たった今、先日起こった研究資料および、データ流出未遂事件に関しての全容報告が届きました。つきましては、これから弁護士と話をした上で、今日中に警察へ届けを出そうと思います。ですので、必要書類にサインと認め印をお願いいただけますか？」

いつも以上に険しい顔つきの鷹栖から、資料一式が差し出される。

「野上、悪いけど」

「はい」

白石は手にしていた書類を野上に預けると、開いた両手で、新たな書類を受け取った。

『支社の研究室の係長…栗原養二《くりはらようじ》、四十三歳。勤続二十年、無遅刻無欠勤。動機は金銭苦としかないけど、よほどのことがあったんだろうか？　未遂ですんだとはいえ、研究資料を流出なんて。資料は自分たちの苦労の結晶《けっしょう》。データともなれば、自社の人間にだって気軽に扱ってほしくない、勝手に持ち出すことさえ言語道断《ごんごどうだん》ってもののはずなのに……、しかも妻子持ちだ』

その場で書類の束を確認していくが、すべてを見終えた白石は、柳眉《りゅうび》を顰めた。

そして、書類を鷹栖に差し戻すと、

「解雇《かいこ》。それだけでいい」

迷いながらも、そう告げた。

「社長？」

「この男は、入社以来真面目に勤めてきた。我が社に功績も残しているし、何より子供がまだ小さい。罪は罪だけど、未遂ですんだことだし…、警察までは必要ない。今回は自社内のことだけに、留《とど》めておく」

「――そんな」

鷹栖は、憤《いきどお》りを隠せなかった。

「私がいいと言ってる。それ以上は無用だ。解雇通達の書類にサインはするが、それ以外はサインはしない。告訴はしない。以上」

しかし、白石も負けてはいなかった。

『こういう時だけは、先代と同じ目つきをする――なんてワンマンな』

野上は手にした書類で口元を隠すと、溜息を漏らす。

「どうしたんですか？　何かあったんですか？　社長。専務」

二人の緊迫した様子に、他の幹部から声がかかる。

「甘いですね、相変わらず」

鷹栖は、周囲に介入されたくなかったのか、戻された書類を奪うようにして受け取った。

「父と違って？」

「ええ」

短い会話の中に、火花が散る。

「でも、そういう私が今は社長だから」

「わかりました。では、解雇だけで進めておきます」

結果的には、白石の意思が通り、鷹栖は書類と共に身を引いた。

「ただし、その甘さが命取りにならないことを、お祈りしておきます」

当然のように、最後の最後まで白石や野上には、苦笑させたままだったが——。

3

『午後から病院なだけに、少しでも気分をよくしておきたかったのに…』

そう思っていたにもかかわらず、白石は評判のランチだけでは回復がはかれず、午後になると野上に付き添われ、通院先である東都大学付属病院へ向かった。

「白石さん、中へどうぞ」

「はい」

こんな時に限って、なんて追い討《う》ちだと思うべきか、それとも、こんな時だからこそよかったと思うべきか、主治医の黒河は急な手術が入ったことから、本日の診察ができなくなった。

白石は代診の医師として、黒河と同じ外科医の池田弘樹《いけだひろき》に診てもらうことになった。

「すみません…。黒河先生に急患が入ってしまって」

とはいえ、池田はもともと「身内切りの禁止」という外科部特有の禁令のために、白石の執刀に立てなかった黒河が、自ら選んで任せた同期の外科医。それも呼吸器系にもっとも強い、この春からは正式に呼吸器外科の担当医で、それだけに術後の経過も現在の治療内容にしても十分把握、熟知していることから、白石にとっては安心して身を任せることができる医師の一人だ。

「いえ。本来なら普段から池田先生か、そのまま呼吸器科で診ていただくのが筋でしょうに…。勝手をお願いしているのは、こちらですから…」

おかげで、池田の代診ならば…と、付き添いの野上も納得。これが、名前も知らない医師に代わろうものなら、病院側に堂々と苦情を訴えるところだが、今日は至っておとなしい。

今も診察室の外で、黙って待っている。

「そう言っていただけると、助かりますよ。では、胸の音を聞かせてください」

ただ、そんな穏やかな空気が診察室に流れていたからだろうか？　白石は、言われるままにスーツの前を開き、シャツまで開くと、昨夜も今朝も愛された胸元を、スッと出した。

術後の傷より目立つキスマークが残る白い肌を、池田の前に堂々と晒してしまった。

「────…っ」

瞬間、手にした聴診器《ちょうしんき》がポロリと落ちた。

池田の精悍《せいかん》なマスクが、茹《ゆ》でダコのように真っ赤になっている。

「っ…っ？　あっ！　すいませんっ!!」

白石はその訳に気づくと、慌ててシャツの前を閉じた。

「いや、今度黒河先生には、代診があるってことを想定しろって言っておきます」

池田の脳裏には、「いつかまとめてぶん殴《なぐ》ってやる」と、過ぎる。

「それは俺から言います！　本当に失礼しました!!」

白石はひたすらにペコペコと謝り、診察室の外で待っている野上を失笑させた。

「とりあえず、今の聴診器は優秀ですから、シャツの上からで十分ですよ」

「はい」

気を取り直した池田に聴診器を向けられると、白石はスーツの上着だけを脱いだ姿で、改めて音を聞いてもらう。残された片肺だけで頑張っている、様子を窺ってもらう。

「じゃあ、後ろを向いてください」

池田は白石の胸部を、前と後ろから確かめる。

「はい。どうも。音のほうは、良好ですね」

耳から聴診器を外して、カルテに診断を書き込んでいく。

「血液検査も異常なし。肺活量のダウンも、比較的に少なめにすんでいるようですし、術後の痛みも出ていない。優秀ですよ。このまま維持できるよう、頑張りましょう。ですが、決して無理はしないでくださいね」

「はい…」

白石は、ホッとしながらも、池田の手元に目をやった。と、よくよく見れば、見慣れたデザイン。白石は、癖のように目にしたことを口にした。

「あ、先生。聴診器をうちのものに、変えてくださったんですね。以前は、他社のものを使ってらしたのに」

「ああ、これですか。ええ。以前、自分を診《み》るなら義理でも備品は自社物にしてくれと言った、愛社精神の塊《かたまり》のような社長さんがいましたんで」

「すっ、すみません」

入院していた時の話をされると、再びペコリと頭を下げる。

野上はプッと噴き出しそうになり、池田は白石に大らかな笑みを浮かべた。

「いえいえ。でも、今は義理じゃなくて、選んで使ってますよ。正直、あんまり備品にまでこだわるタイプじゃなかったんですが――。いいものは手に馴染《なじ》むと、替えが利かない。生涯《しょうがい》放したくなくなるらしいです」

白石は、一瞬目を見開いた。

ここにきてようやく、会社から引きずっていたもやもやが晴れてくる。

「ありがとうございます。そう言っていただけると、嬉しいです」

「――きっと、パートナーでも備品でも、自分の一部になるものには、こういう気持ちになるんでしょうね。そうそう、今の黒河先生。人生で一番幸せそうですよ」

「…っ」

空を覆う雲が開き、太陽が顔を覗かせたように気分が回復する。

「あとは、点滴だけですね。特に気分が悪くなるようなことがなければ、そのままお帰りになっていいですから」

「はい。ありがとうございました」

週に一度の通院日。

どれほど現実から目を背けようとしても、それを許さない癌の再発防止治療日。

時には、前向きになっている気持ちさえ、折れてしまいそうになる。火曜の午後が白石にとって、特別であることはどうにもならない。

死を意識せざるを得ない――そんな曜日であることは、ごまかしようがない。

『池田先生…か。今日は代診だったたっていうのに、心の治療までしてもらっちゃったな』

だが、白衣を纏った彼らは、自分のような患者を、どれほど抱えているのだろう？

毎日どれほど診ているのだろう？　そう考えると、白石はこの気持ちや考え方を、もっと変えていかなければと思った。

『療治の周りには、本当に名医が揃っている。患者を一番元気づける方法を知っている。それをちゃんと口に出して言ってくれる。そんな名医が』

死を意識するのではなく、この瞬間こそ、死を逃れた現実を噛みしめる。

生きているからこそ、一喜一憂《いっきいちゆう》する自分がいる。

幸せな今があることを、心身から感じていこうと――――。

「社長。おすみですか？」

白石が診察室から出ると、野上が声をかけた。

「ん。あとは、点滴だけだから、野上はいつもと同じでいいよ」

「では、いったん社に戻り、時間を見てお迎えに上がります。途中何かありましたら、ご連絡ください。すぐに参りますので」

「――――ああ」

その後白石は、看護師に案内されると、すっかり行き慣れた処置室の片隅で、点滴を受け始めた。

『今日は人が少ないな…。いつもならこの処置室、満杯なのに。十個のベッドがガラガラだ。他の部屋も、特別多い気がしなかったから、全体的に患者さんが少ないのかもしれないな』

処置室は大小合わせていくつかあるが、白石が案内されたいつもの部屋には、出入り口に三人ばかりがいるだけだった。

しかし、その者たちは十分も経たないうちに帰ってしまい、一人残された白石は、横たわったベッドからぼんやりと窓の外を眺めた。

『――療治、まだ執刀中なのかな？』

ふいに点滴の刺さっていない左手を目の前に翳《かざ》すと、薬指に嵌まったリングを見つめる。

普段ならば、利き手に点滴の針は刺さないのだが、今日ばかりは右にしてもらった。

指輪を誰かに見られる、気づかれるのが恥ずかしくて――。白石は、〝自分も馬鹿だな〟と感じながらも、日を受けてキラリと光るリングを眺めて、口角を上げた。

『療治…』

今朝の甘い余韻《よいん》を思い起こすと、自然に瞼が重くなり、その場で浅い眠りに堕ちた。


「――白石さん、気分はどうですか？」

名前を呼ぶ声がしたのは、しばらくしてからだった。

白石が目を覚ますと、視界に入ってきたのは、白衣姿の美青年。

堂々と国家試験に受かり、医師免許を持ちつつも、看護師に転向。この冬までは天才外科医・

黒河のオペを助ける専門看護師をしていた、六つ下の浅香《あさか》純《じゅん》だ。

「純くん…、って。今は浅香先生だったね」

「一から駆け出しのインターンですよ。それも昼夜問わず猛勉強中の。でも、今は休憩時間なので、白石先輩♡」

本人が言うように、浅香はこの春からは外科医を目指して、一からやり直している。

看護師として進めば、最年少で看護師長にもなれるといわれた実績を捨てずに生かし、医師と看護師たちの間に立って、互いの仕事への理解が深まるよう日夜努力している。

白石や黒河と同じ東都大学卒の後輩だ。

「そう。なら、遠慮なく。純くん」

白石には、黒河という存在、また同じ母校という共通点を持った先輩・後輩が山ほどいる。

この病院にも、話をしたことがある者だけで何人もいるし、知らないだけで…という人間まで数えたら、そうとういる。が、その中でもこの浅香は、お気に入りだ。

あまり人には媚《こ》びない、懐かない、流されないといった浅香が、白石の前に出ると素直で可愛いだけの後輩になる。そう言って黒河が不思議そうに首を傾《かし》げたことが、一番の理由だ。

「ところで、純くんの指導医《オーベン》は？　療治がついたって話は聞いてないけど」

「俺のオーベンは池田先生です。だから今も、顔を出してきていいぞって言ってくれて」

しかし、母校においても、この東都医大においても、黒河と同じほど名の知られた白石は、容姿と人格が特別いい、美しいとされる者のみに与えられる〝マドンナ〟の称号《しょうごう》を持った、特別な卒業生。浅香にとっても、知れば知るほど魅力的な人間だった。となれば、白石が頭を撫でてくれるというなら、いくらでも尾っぽを振る。愛《め》でてくれるというなら、女王様といわれる性格さえ、猫の皮でぐるりと隠すといったことぐらいは、やってのけるのも頷ける。浅香は浅香で大好きな白石に構ってもらいたいがために、こうしてチャンスがあれば、懐いてくるのだ。

「池田先生。そうだったんだ。じゃあ、場合によっては外科の中でも呼吸器系に進むの？」

「まだわかりません。黒河先生についてる清水谷《しみずたに》を見ていると、専門を決めずに、いろいろとこなせるのもいいかな…って思うし。場合によっては、救命救急部で鍛《きた》えてもらうのもありかな？とも考えるし。ただ、救急の富田《とみた》部長に嫌われてるみたいなんで、やっぱりそれは無理かな…とかも思うし――――」

こうなると、二人が出たのは男子校のはずだが、もはや当人たちも周囲も誰も気にしていない。たとえこの図を〝お姉さまと勝気な妹の馴れ合い〟に見立てる者たちがいたとしても、誰一人気にしない。ゆえに、プライベートで会話を持って、まだまだ二カ月足らずという二人ではあったが、今では昔からの知り合いのように仲良くなっていた。

「富田部長に？」

「はい…。いや、俺には記憶がまったくないんですけどね――――。以前、黒河先生のオペ看を外された時に、かなりイライラしてて、富田部長に八つ当たりしたらしいんですよ。自分がオペ管理に手を出せないところにもってきて、あんまり救急と外科部を往復させられたもんだから…このままじゃ黒河先生のほうがもたないって。それで、富田先生に…いい加減にしろ…みたいなことを口走ったらしくて…」

「うわっ。それは、痛いね。俺からしたら、療治のためにありがとう…って話だけど。救命救急部の部長に睨《にら》まれるのって、厳しいよね。しかも、名ばかりの部長ならまだしも、富田部長は教授の椅子《いす》を蹴《け》ってまで、現場にこだわってる医師――。認められたいという気持ちは生まれても、嫌われたいって思う人は、誰もいないだろうし」

「はい。おかげで、今では俺のほうが、何かとこき使われてます。黒河先生を呼ぶのは半分にするから、その分お前が働け〜って」

浅香のほうから訪《たず》ねてくる、仕事の悩みまで口にする、それを当然のように白石が聞くという図式がなんの違和感もないぐらい、信頼関係も生まれていた。

「――なんだ。なら、気に入られてるんじゃん」

「え？」

「多分、富田先生も療治のことでは、反省してるんだよ。ちょっと使いすぎたかな…って。本当なら、純くんに言われる前に、自分で気がつかなきゃいけないのにって。現場の管理職として立場がないから、今更ニコニコできないだけなんだよ」

もとを正せば、あまりに黒河への崇拝心が強すぎ、最初は白石に嫉妬ばかりしていた浅香だったのに、今やそれさえ逆転。黒河が見ても呆れるぐらいの白石っ子だ。

「そうでなきゃ、どんなに優秀なオペ看あがりでも、まだまだインターンの君を、そうそう救急の現場には呼ばないよ。それこそ看護師の手が足りないから来い――っていうなら、あーあ、本当に、この先大変そう…って思うけど。医師の卵として呼ばれているなら、それは富田部長の愛情だよ。スタートが遅い純くんを、一日でも早く一人前にしようとして、鍛えてくれてるんだよ」

「――――そう、ですかね？」

「そうだよ。だから、ここは変に警戒せずに、接すればいいんじゃない？　純くんが救急で鍛えられたいって考えてるんなら、池田先生に相談するもよし。富田先生自身に、それとなく濁《にご》してみるのもよし。どっちも気が引けるっていうなら、最終兵器。愛《いと》しいダーリンに相談すればいいよ。真理さんなら、どんな人事異動でも、できるだろう？」

だが、親しくなったがゆえにたった一つだけ、この二人の間には、未だに行き違ったまま解けてないことがあった。

「――――聖人《まさと》に、ですか」

そう、この真理と聖人という男の名前。読み方は共に〝まさと〟なのだが、一人はこの医大の副院長、今年四十九になる和泉家の長男・真理。もう一人は、今年三十六になる四男・聖人なのだが――――、戦時中に名医として名を残した叔父にあやかり、院長たる父親が兄弟四人すべてに漢字違いで「まさと」と名づけたがために、トラブルが起こっていた。

もちろん、そのトラブルを避けるために、長男以外には読み方を変えた、通り名的〝あだ名〟がある。

聖人なら、キヨト。

親しい友や親族なら全員そう呼ぶし、公《おおやけ》であるなら〝和泉副院長〟や〝和泉先生〟〝和泉弟〟などと、苗字《みょうじ》の下に何かが加わるので、話だけにしても、この二人を間違えることはない。

当然白石にしても、「和泉キヨトと付き合っています」と言われれば、和泉家とは遠縁筋にあたるだけに、間違えることもなかった。のだが――――。

「ところで純くん。真理さんとの交際って、未だに誰にもバレてないの？　療治さえ知らないの？　俺、療治と純くんの話になった時に、けっこう苦しいんだけど…。つい、言っちゃいそうで」

浅香が交際していることを白石にだけ告白した時に、そのまま「実は和泉聖人と付き合っているんです」と言ってしまったがために、白石は浅香の恋人が、和泉副院長だと思い込んでいた。

「はぁ…、すみません。自分からは、まだ口外《こうがい》してません。同じ職場にいるだけに、公私混同《こうしこんどう》してるとかって、見られるのも嫌だし…。ただ、黒河先生には、完全にバレてるかな…とは思います。ほら、相手がもともと俺より仲いいし。付き合いも古いから」

誰にも内緒と言われたことから、誰にも言えず。「それは違うぞ」と訂正を食らうこともなく、白石は〝浅香と副院長では十九も年が違うのに!?〟と眉間《みけん》にシワを寄せつつも、真理さんならやるな。それに、他人《ひと》さまの恋愛に口を挟むのは筋違い。年の差カップルはよくある話だし、愛さえあれば年の差なんて。ついでにいうなら、今のうちに保険金をいっぱいかけちゃいな!!　と、浅香に耳打ちしておけばいいか――――と納得、このような会話に至っていた。

「そっか…。そうだよね。じゃあ、療治にだけは言ってもいいかな？　いざって時には、純くんの味方になってあげてねって、刷《す》り込みしておくから」

しかも、こんな会話になっても、名前を出す黒河が、この兄弟と切っても切れない仲であることが、余計に誤解を解《と》き難くしていた。

黒河にとって兄の真理はもともと指導医であり、現場の上司であり、ぶつかり合うことは多々あっても、尊敬する外科医の一人。そして弟の聖人は、単純に黒河とは気の合う同僚であり、真理に何かと上手く使われるという愚痴を共有する同志であり、実力も実績も肩を並べることから、気楽に付き合っていける友人の一人で、そのことが本来ならかみ合うはずもない話も、綺麗にかみ合わせてしまう。白石と浅香の会話を成り立たせてしまう原因の一つだったのだ。

「本当ですか？　それは心強いかも。職場でも、個人的にも♡」

「これのほうが、よっぽど公私混同っぽいけどね」

「――――…確かに」

とはいえ、今のところ、この誤解による実害はないので、二人ともこうして顔を合わせるたびに、終始笑顔で向き合っていた。

いつもなら気が重いだけの点滴時間も、今日はあっという間に終わってしまった。

「あ、そろそろなくなりますね。今、誰か呼びますから」

浅香は点滴の残量を確認すると、白石のベッドから離れた。

「ありがとう」

「あ、そうそう。指輪、お似合いですよ。羨ましいな～」

「…っ、純くん!!」

「じゃあ♡」

からかうような言葉を残し、白石の唇を尖らせながらも、処置室から出て行った。

『五年生存率25パーセントの花嫁――新妻か』

部屋から出た浅香の深い溜息に、気づいた者は誰もいない。

『必ず、クリアしてくださいね、白石先輩。黒河先生のためにも、白石先輩が好きでたまらない、俺みたいな人間のためにも。何より、ご自身のためにも――ね』

浅香は白衣のポケットに手を突っ込むと、しまってあった聴診器を首からかけた。

「あ、君。処置室の白石さん、点滴終わるからよろしく」

「はい！　浅香先生」

近くを通った看護師に声をかけると、その後は自主的に休憩時間を短縮、仕事へと戻った。


急患の手術と正規に予定された手術のために、黒河が帰宅したのは翌日水曜日の夜だった。

「ただいま…」

「あ、お帰り～」

こんなことはざらに起こること。それでもこれまでに比べれば、帰宅するだけマシなほうで、白石と暮らすようになる前なら、黒河の院内宿泊は三日四日は当たり前。場合によっては一週間、十日と続くことさえ普通になりつつあっただけに、最長でも丸三日以内には帰宅するようになったことは、そうとう人間らしい暮らしになったといえるものだった。

「お疲れ様。お風呂沸いてるけど、夕飯とどっちを先にする？」

「なら、先に風呂入ってくる」

「浴槽《よくそう》で寝ないようにね。なんか、ヘロヘロだよ」

「おう。気をつける」

もっとも、それは黒河自身が白石の様子を確認するため。また、病院のある広尾《ひろお》から、白石のマンションがある六本木までが、何を使っても十分以内に行き来ができるという立地条件のおかげだが、黒河を伝書鳩《でんしょばと》のように帰宅させている一番の理由は、これだった。

「心配だから、見に来ちゃった。頭と背中、洗ってあげようか」

「ん…。ああ」

「じゃあ、先に頭ね」

白石の行き過ぎたサービスともいえる甘やかし、これに他ならなかった。

『誰かに自慢したら、ぶっ殺されるな』

それでも、少しは判断力が残っているらしい。黒河は手足の袖《そで》を捲《まく》った白石を洗い場の鏡越しに見ると、顔には出さなかったが、心の内でニンマリとした。

「濡《ぬ》らすよ」

白石に誘導されるまま身を任せると、先にシャワーで頭を濡らされ、ほどよい力加減でゴシゴシと洗われた。

「目、つぶってて」

ただ、いつになく白石が甘やかしに輪をかけていたのには、理由があった。

これまで話題に出したくて出したくて仕方がなかった話がやっとできる。解禁になったことで、白石は黒河の帰りを、首を長くして待っていた。

「ところで、療治。ここだけの話なんだけど、純くんが以前から院内恋愛してること知ってる？本人は内緒にしてるつもりらしいんだけど、さすがに療治にはバレてるかも…って、漏らしてたんだけどさ」

これが聞きたいがために、わざわざ浴室まで乗り込み、必要以上のサービスまで申し出ていたのだ。

「ああ、浅香？　知ってるよ。あれだけところ構わずラブラブしてたら、誰だって気づくって。大体、口にしなけりゃ、公認じゃないと思ってるほうが、どうかしてるよ。浅香が堕ちたのは、今や医大中の人間が知ってるし。多分立ち入り業者だって、一度は噂《うわさ》を耳にしてるはずだ。なんせ、表立ったマドンナ・清水谷が伊達とよりを戻してラブラブな分、浅香女王様の下男《げなん》志願者は多かったからな〜。いや、あの手はどこにも懐かないと思ってた分、俺もビックリしてるけどな。ま…、相手が相手だから、きっと上手く丸め込まれたんだな」

しかし、そうとは知らない黒河は、ランランと目を輝かせた白石の顔を見ることもなく、瞼を閉じたまま、天国にいた。

「そう――――。なんだ、そうだったの。なら、いいや」

他人に頭を洗われるなんて、髪を切る時ぐらいだが、それを自宅でやってもらえるのは、至極の幸せだ。最愛の新妻の手で…となれば、言うことはない。

「でも、本人は一生懸命内緒にしてるつもりみたいだから、今のまま知らん顔してあげてね。そうでなくても純くんは、素直にものが言えないタイプだし…。職場恋愛が公私混同にならないかって、気にかけてたし。相手が相手な分、玉《たま》の輿《こし》とか言われそうだし…。周りに何か言われた弾みで、別れる!!　とか、こんな病院辞めてやる!!　とかってことになったら、大変だからさ。せっかく一から頑張ってるのに――――。あ、流すからね」

「ん…」

もっとも、この時黒河がもう少し反応していれば、白石の誤解は解消されていた。が、洗い終わった髪にシャワーを当てられ、流したあとにはフカフカのタオルで水気まで丁寧《ていねい》に拭《ぬぐ》われてしまったら、世間では天才外科医の名を欲しいがままにする黒河とて、そのへんの園児と変わらない。

「――――玉の輿。そっか。院長の息子を捕まえたってことは、そういうことになるのか」

会話もほとんど鸚鵡《おうむ》返しで、これでは白石の誤解が解けるはずもない。こうなると、タオルで隠した股間に変化が現れてくるところは、園児よりも始末が悪いぐらいだ。

「そうだよ。多分あそこでいったら療治を捕まえるぐらい、本当なら話題沸騰《ふっとう》だと思うよ。見て見ぬふりをしてるのは、純くん自身がああいう人柄なのが、周囲に浸透《しんとう》してるからで。療治が言うように、本人自身にも、人気があるからだとは思うけど」

「なるほどね。でも、あそこで俺以上にデカイ玉の輿に乗った奴は、いないんじゃねぇの？　ほとんど身体一つでお婿《むこ》入りだしな。ああ見えて浅香は、金は貯《た》め込んでるぞ。きっと持参金はかなりある！　俺と違ってな」

「馬鹿言っているよ!!　もう！」

しかし、やっと前ふりの会話が終わっただけの白石にとっては、まだまだ折り返しだった。

頭を洗い終えると、タオルを脇《わき》に置き、代わりにボディ用のスポンジを手に取った。

「でも、さ。療治が二人の仲を知ってるなら、今度それとなく言ってあげてよ。純くん、俺の指輪見て羨ましいな〜って言ってたから、そういうのもらったことないんだと思う。プレゼントされたら、嬉しいと思うから」

手際よくボディソープで泡立てると、黒河の背中をゴシゴシと洗い始める。

「指輪？　でも、そんなものもらったって、嵌められねぇだろう？　仕事柄は置いといても、本人が秘密にしてるつもりなんだから」

「それとこれとは別！　気持ちの問題だよ。俺だって、療治からもらって、嬉しかったし。療治が仕事で嵌めることがないってわかってるだけに、余計に舞い上がった！」

もう目を閉じる必要がない黒河は、洗い場の鏡に映った白石と目を合わせる。が、この根回しが行き届けば、さぞ浅香が喜ぶだろう、嬉しがるだろう、そう信じて疑わない頑張りを見せつけられるだけで、

『ふっ。可愛いおせっかいが♡』

やっぱり今夜は、園児以下の思考能力しか働いてなかった。

「――それに、純くん。甘えたいのを我慢してるところもあると思うんだよね。相手の立場もあるし、年も離れてるし、一緒にいられる時間も少ないし。なのに、共通話題っていったら、仕事のことばかりだろう？　しかも、二人の一番の共通って、結局療治ネタでしょ？　だから、さ」

「まぁ、けしかけるだけならタダだからな。いいぜ、俺からそれとなく言っとくよ」

白石の要望をそのまま受け入れると、今度こそうっかりしたら実害が生じそうな内容に対して、笑顔でOKを出した。

「ありがとう――。嬉しいから、前も洗ってあげようか♡」

この場合、後日に何かが起こったとしても、美味《おい》しい思いをしたのは黒河。そして、自己満足に浸《ひた》る白石だけだ。

「だったら、全部脱いでやってくれよ。そんなスポンジじゃなくて、お前の身体に石鹸《せっけん》つけて」

「図に乗るな！　はい。おしまい」

いや、話が終わった新妻のシビアさを考えると、スポンジを手渡された黒河も、美味しさは半減。満面の笑みを浮かべているのは、浴室から脱衣所へ逃れた白石だけかもしれない。

「ちぇっ。あ、そうだ――朱音。それよりお前さ、急なんだけど、今週の金曜から週明けの月曜までって、まとめて休み取れるか？」

それでも、疲れきって帰宅した黒河が精気を取り戻しているので、これはこれでよしとしようだった。

「野上に言えば、調整は利くよ」

白石は、脱衣所に脱がれた下着類を洗濯機に入れて回すと、スーツやシャツはクリーニングに出すべく、両手に抱えた。

「なら、軽井沢に行こうぜ。もう一度、マンデリン軽井沢に」

「え⁉ 軽井沢…って、いいの療治⁉ っていうか、大丈夫なの？ そんなに連泊して」

会話を隔てる扉一枚が邪魔で、今度は浴室に顔だけを出す。

「まあな――――って、言いたいところだけど、和泉の策略《さくりゃく》で、向こうにある東都の姉妹医大で、厄介な手術を三本やることになったんだ。あと、二月にやった治験《ちけん》患者の心臓ネットの除去手術の報告発表とかっていうので、無理やり学会に同行させられる。だから、まるっきりの休暇じゃない。それでも、空いた時間は自由だから…どうかと思ってさ」

身体を洗う黒河と、鏡越しに目が合った。

「――療治らしいね。それで三泊四日っていったら、目いっぱい仕事じゃない」

微苦笑を漏らされ、白石も似たような笑みを浮かべた。

「悪いな。空いた時間とかいっても、夜ぐらいしか一緒にいてやれない。旅行でもなんでもない、ただ寝る場所を変えるだけの移動だ。かえって疲れさせるか？」

「ううん。四日も離れるぐらいなら、それで十分。それに、そういう仕事つきのほうが、かえって安心して一緒に行けるよ」

白石は、手にしたスーツを抱え直す。

「安心？」

黒河は言葉を深読みしたのか、その場で振り返る。

「だって、白衣なんか着てても、脱いでても、結局は常にお医者さんしてる、ドクター黒河とのお出かけだから♡」

だが、白石はどこか誇らしげに笑っていた。

「朱音」

この〝仕事のついで〟感が、かえって気楽に思えたのか。それとも、こんな日程の中でも、一緒にいたいと示してくれたことが嬉しかったのか、その理由は白石自身にしかわからない。

「出たら、詳しい日程を教えて。療治がそういう予定なら、俺も日中は仕事するから。長野《ながの》には、うちの支社や研究所もあるし。たまには支社の社員も、労《ねぎら》っておかないといけないからね」

けれど、黒河がそうなら、自分はこうという遠慮のなさが、黒河にとっても心地よかった。職種は違えど、誰より互いの仕事を理解している。こういうところは、二十年来の付き合いが、ものをいう、互いに互いを無理させない、絶妙なバランスだ。

「わかった」

白石は、黒河の快《こころよ》い返事を聞くと、浴室の扉を閉めて、リビングへと消えていった。

黒河は、いつ病院から呼び出しがくるともわからない立場ではあるが、身体を洗い流すと湯船に浸り、自宅で寛《くつろ》ぐ安堵《あんど》感をしみじみと噛みしめていた。

＊＊＊

二日後の金曜日、白石と黒河は仕事半分、おそらくは仕事七割になることはわかっていたが、ハネムーン気分で当日を迎えた。

婚前旅行をした思い出の場所へ、今度は新婚旅行で行く。気分だけなら、そんな感じだったろう。しかし、それは出発直前に覆された。白石と黒河は出がけに野上から連絡を受けると、今回は白石の仕事の都合で、会社から車を出すことになりました、なので、これからお迎えに上がります、と言いきられ、二人でドライブがてら、春の軽井沢へと計画していたにもかかわらず、一分後には出鼻をくじかれた。だけならまだしも、迎えに現れた会社からの車には、すでに先客・和泉真理がピシリと三つ揃いのスーツを着込んだ姿で乗っていた。

「ご無沙汰しております、真理さま」

「ああ。こちらこそ。今回は、気を遣ってもらって、すまないね」

「いえ。せっかく同じところに行くんですから。ねぇ、社長」

「ん…。ん」

誰の気遣いなのか、策略なのかはわからないが、白石は苦笑を浮かべた。

完全に行き帰りはプライベートの予定だったこともあり、シャツにズボンにカーディガンというラフな普段着姿が、お抱え運転手を変に喜ばせている。

「よかったな、黒河。行きも帰りも朱音と同行できて。経理に申告するはずだった交通費は、お前の手当に入れといてやるから、感謝しろよ」

「そんなはした金より、自由が欲しい。ってか、なんで野上にあんたがセットなんだよ。一緒に仲良くお出かけなんだよ。しかも運転手までいやがって…。大体、この席順も違うだろう!?　野上が助手席にいるのはいいとして、なんであんたが俺と朱音の間に座ってんだよ!!」

黒河など、自宅マンション前で、ちゃっかり決められた席順に耐えられなくなってか、車が走り出して五分もしないうちに、激怒していた。

「お前の管理者で、朱音の遠縁だからだ」

「だったら俺は朱音の旦那《だんな》で、あんたの部下だ。俺が真ん中でいいだろう!?」

本気でまくし立てている口調に、TPOはない。もともと役職、年の差に関係なく、二人きりの時はこんな感じだったらしい黒河と和泉の会話は、白衣を脱ぐと親子だか兄弟だかわからないものになっている。

「いや、お前は到着後、すぐに執刀の準備にかかる大事な身だ。朱音は朱音で、身体に気を遣うに越したことはない。だから、座りにくい真ん中は、私でいいだろう」

「野上、どうせ車出すなら、ただのベンツじゃなくて、リムジンを出しやがれ!!　大事な社長が窮屈だって言ってるぞ」

しかし、こうなるとそれは、野上と黒河の間も同様で、野上は後部席の右奥に座らされた黒河から、名指しで苦情を受ける。

「――――すみません。なにぶん、急だったもので」

「和泉、ここまで嫌がらせをするなら、俺にも考えがあるからな。来い、朱音!!」

取ってつけたような言い訳にカチンときたのか、黒河も大人気《おとなげ》ない行動に出た。

「え!?」

和泉の前を横切るようにして身を乗り出すと、白石の腕を摑んで、自分のほうへ引き寄せる。

力ずくで移動させると、こともあろうか白石を自分の膝の上へと、横抱きにした。

「療治…っ」

「着くまで見せつけてやる。でないと、罪もない患者の手術に支障をきたすからな」

子供がデカイぬいぐるみでも抱いているなら、まだ可愛い。このさい、黒河がそんなことをしていたとしても、まだ笑うだけだ。が、抱いているのが白石では、周りは目のやり場がない。

野上は慣れていたとしても、ハンドルを握っている運転手は、バックミラー越しに、何事か!?という顔をしている。運転から気がそれている。はっきりいって、危ない。

「子供だな――――、三十も折り返しだっていうのに」

「五十に足突っ込んでる子供に言われたかねぇよ。ふんっ」

それでも後部座席での攻防《こうぼう》は終わらない。

『あーあ、療治ってば…。それにしても、真理さん。これって、江戸《えど》の敵《かたき》は、長崎《ながさき》で…ってことの一種なのかな？　純くんが俺や療治に懐いてるから、実はやきもちやいてて、その腹いせなのかな？』

白石の脳内では、ますます勘違いに拍車《はくしゃ》がかかっていく。それどころか、身体が密着しているのを好都合とばかりに、白石は黒河に耳打ちした。

「療治、そういえば、指輪の話した？」

「したぜ。笑い飛ばされたけど」

「そう」

和泉に聞こえないように小声で、短い会話で。

『余計なお世話だってことで、怒られてるのか。でもま、純くんに八つ当たりされるよりは、いいか…。本当は真理さん、療治じゃなくて純くんと仕事にかこつけて旅行に行きたかったのかもしれないし…。自分は四日も離れるのに、お前らいいよな〜って、内心やっかんでるのかも』

そのためか、白石は溜息混じりに、更なる勘違いへ邁進《まいしん》。走行中もチラチラと和泉を見ていると、ジロリと睨まれた。

「————ん？　なんだ、朱音。私の目が気になるという理性や常識が残っているなら、きちんと座りなさい。野上くんやドライバーも気の毒だ」

「はい」

『うん。そうだ。そうに違いない。それに、そう思えば、案外真理さんも、可愛く見えるかも。本家の血筋で、年も上で、いつも怖い印象しかなかったけど————。一回り以上も年下の恋人に熱を上げちゃう人だったんだ…って思えば、これまでにはなかった親近感も湧くし』

「おい、朱音。何、和泉のことばっか気にしてんだよ」

席を膝の上から真ん中に移動しつつも、ついには黒河にまで変な勘違いをされた。

「え？　いや、思ったより可愛い人だったんだなと思って」

「は!?」

その上、満面の笑顔で、爆弾投下。

『朱音さん!?』

『社長、どんな趣味!?』

見て見ぬふりを決め込んでいた野上や運転手にまで唖然《あぜん》とされると、周囲にまで、可笑《おか》しな勘違いばかりを肥大《ひだい》させていった。

『可愛い？　私が？　可愛い――――!?』

当然方向性は違うが、新たな波紋も起こした。

『朱音。時々キツイ洒落《しゃれ》をかますよな。ま、昔からだけど』

車内は春なのに、どこかひんやりとしている。

こうなると、東京―長野間の旅は、短いようで長い。長いようで、短い。

快晴の中をただ車が走っているだけなのに、白石を除く車内の四人には、ミステリーかサスペンスの登場人物といった緊張感だ。

「あ、そうだ療治。今の時期の長野って、何が美味しいんだっけ？　蕎麦《そば》の旬《しゅん》って、やっぱり収穫時期なのかな？」

「さあな。口に入るもんに文句なんかねぇから、知らねぇよ」

「朱音。蕎麦の旬は、七月初旬の夏蕎麦と、秋蕎麦の年に二回だ。秋蕎麦のほうが、収穫量も多いから、どちらかといえば秋がメインだが。これぐらいは知っておきなさい」

「――あ、はい。覚えておきます」

「あと、新蕎麦は味はもとより、風味が違う。時期がきたら、一度連れて行ってあげよう。東京でも、美味《うま》い店はあるから」

「ありがとうございます」

知らぬは、白石ばかりなり。

『社長！　ここはそんな素直に喜んでる場合じゃないのでは!?　今、黒河先生のこめかみがヒクッとしましたよ！』

運転手は、ハンドルを握る手をピクッとさせた。

「よかったね、療治。連れて行ってくれるって」

「――…あ、そ」

『朱音さん。何がよかったのか、絶対に黒河先生には理解できない内容ですよ。当然、私にも理解できませんが…』

野上はすでに失笑している。

しかし、白石は、意外に鈍感なのか、腹が据《す》わっているのかという微妙なパワーを見せつけながら、一路長野へと向かった。

桜の花が新緑へと変わり始めた季節のリゾートホテル・マンデリン軽井沢へ、再び足を運ぶこととなった。

4

スキー場で有名な大型リゾートホテルがひしめく中に、客室八十というプチホテル・マンデリン軽井沢はあった。プチとはいえ、もともと高級シティホテルとして名高いマンデリンだけに、その造りは豪華絢爛《けんらん》。白亜《はくあ》のコンチネンタルホテルは、四季折々に楽しむことができる施設や聖地でのウエディングという触れ込みも手伝い、今や冬季以外でも泊まり客の絶えない人気ホテルとなっていた。特に週末の午後ともなれば観光客で賑《にぎ》わい、白石たちがチェックイン後に出かけようと訪れたエントランスロビーには、宿泊客が入れ替わり立ち替わりという状態だった。

「真理さま。それでは、またのちほど」

各自の部屋に荷物を運び込み、私服だった白石と黒河がスーツに着替えると、ここから五人は二組に分かれて、それぞれの仕事に向かうことになっている。

「――――ああ。くれぐれも朱音のことは頼むよ。無理は禁物だから」

「はい」

この場になっても和泉は、無駄に機嫌がよかった。

「ほら、黒河。ムスっとしてないで、行くぞ」

『ざけんじゃねぇよ。俺を朱音の執刀から降ろした時には、先のない患者のために、お前に黒星はつけさせられねぇとかほざきやがったくせに。ちょっと懐かれたら、これかよ。そもそも大した付き合いもなかったくせに、いきなり優しい親戚《しんせき》のお兄さん気取りかよ!! んとに、始末が悪いな、このオヤジっ』

その反動はもちろん黒河にきており、目つきは最悪のものになっている。

「じゃあ、あとでね。療治」

「今夜はただじゃおかねぇからな。覚悟しとけよ」

「え？」

白石は、八つ当たりとも当然の報《むく》いともとれる態度で黒河に立ち去られると、その様子に肩を落とす野上のほうへ振り返った。

「野上、俺療治に何かしたかな？」

「いえ、黒河先生には、何も…」

「そう。ならいいけど…どうしたんだろう？　療治」

間違ってはいないが、正解だとも言いきれない。野上の返事に白石はエントランスからタクシー乗り場へと消えていく黒河の後ろ姿を心配気に眺めている。

『なんとなくだが、今わかった気がする。なんで、黒河先生が傍にいながら、二十年も手が出せなかったのか。朱音さんに迫られるまで、一線を越えなかったのか』

野上は思わず額《ひたい》に手をやった。

『朱音さん、わかってないだけで、天然の誘い上手だ。ご自分の言動に、どれほど周囲が一喜一憂するのか、まるで気づいてない。同じ台詞《せりふ》でも、朱音さんが言うのと、他の者が言うのとでは破壊力が違うということに、気づこうともしていらっしゃらない』

敏腕、有能、鬼才《きさい》の二文字を我がもの顔にしてきた社長秘書も、こうなると形《かた》なしだ。

『もっとも、他人のことは言えない。けっこう私も踊ったクチだった。ま、黒河先生には気の毒だが、普段いい思いをしている分、これぐらいの苦痛は味わってもらおう』

もともと下心があった過去があるだけに、誰もフォローできない。

「あ、見て野上。ロビーから宴会場に続く大階段の脇に、聖火が飾ってある」

と、野上が目線を足元へと落とした隙《すき》に、白石は二階へ続く大階段の脇へと歩いていった。

「これって長野オリンピックの時に使われた聖火を分けてもらったもので、ここで結婚披露宴をやると、キャンドルサービスの炎は、これを使ってくれるんだって。一つ一つの演出が憎いよね。聖地の伝説を作るためとはいえ、誰が考えた企画なんだろう？」

このホテルのシンボルの一つともなっている、聖火を翳す女神の銅像は、危険がないようガラスの囲いで覆われている。

台座を含める二メートルほどの高さがあるそれを見上げると、白石は揺らめき続ける炎をしばらく見つめていた。が、そんな姿を目に留めると、一人の青年が駆け寄ってきた。

「――――白石社長」

甘いマスクによく似合う甘い声。呼ばれた白石でなくとも、思わず振り返ってしまいそうなその美声に、誰もがいっせいに振り返る。

「っ、橘《たちばな》社長」

二階のフロアから軽い足取りで階段を下りてきたのは、このホテルの大株主。それ以上に、このマンデリンホテル系列全社を含む巨大複合企業、橘コンツェルンの若き当主だった。

「お疲れ様です。このたびは当ホテルをご利用いただきまして、誠にありがとうございます。心より感謝を申し上げげます」

子供の頃にブロードウェーで子役をやっていたという経歴を持つ彼は、まだ三十前。長身でスリムで日本人離れした彫りの深い顔立ちは、ハンサムだとしかいいようがない。

凛とした石楠花《しゃくなげ》のように優麗な白石の前に立っても、まるで見劣《みおと》りしない。むしろ、周囲で視線を奪われた者たちをそのまま足止めにしてしまうほどの存在感を放っている。

「いえ、こちらこそ。お世話になります。あ、それで、いきなりで申し訳ありませんが、先日改めてお願いにあがった件ですが」

しかし、そんな橘の姿を見ると、白石は挨拶もそこそこに、目を輝かせた。

「氷のチャペルの件ですよね。喜んで、ご協力させていただきますよ」

「よろしいんですか!!」

「我が社の技術で、お役に立つなら喜んで。つきましては、ご滞在中に、ご都合のよろしい時間はございますか？　それに合わせて、技術者から直に説明をさせるよう、手筈《てはず》を整えております。もともと研究室にいらしたという白石社長なら、あいだに人が入るより、かえってわかりやすいかと思いまして。一時間か、長くても二時間程度なのですが」

「二時間ですね。野上！」

どうやら予定を組んでいた仕事とは別に、仕掛けを施《ほどこ》していたらしい。橘から快い返事をもらうと、すぐさま野上のほうへ視線をやった。

「はい。それでしたら、明日の十六時半より時間が取れます。橘社長のご都合がよろしいようでしたら、その後にご会食の場も設《もう》けられます」

野上も慣れたもので、その手には使い込まれたスケジュール帳が開かれ、即答が返る。

「なら、それでお願いするよ」

こうなると、運びは早い。一見おっとりとしている白石だが、こういう場での迷いはない。たとえ相手がどんなタイプであっても、一度微笑を浮かべたら、まず壊さない。

「――――橘社長。明日の午後、四時半でよろしいですか？　それ以降でしたら、時間がどんなに長引いても大丈夫です」

「では、明日の午後、四時半で。お時間がよろしいようでしたら、お食事もご一緒にどうでしょう？」

「それでしたら、私のほうで」

「いえ、その様子では、技術者とのお話が盛り上がり、長引く可能性もおありでしょうから、準備は私のほうでさせてください」

即決力と切り返しのよさは橘も同じようで、二人が新たな予定を約束したのは、実に短い時間の中でのことだった。

「っ…、何から何までお気遣いいただき、すみません。では、このたびは、お言葉に甘えさせていただきます」

「そう言っていただけて、安心しました。では、のちほど――――。このような場でお引き止めしてしまって、すみませんでした」

「いえ。一秒でも早くお話を伺いたかったのは、私のほうですから感謝します。ありがとうございました」

一分もあるかないかのうちに話をつけてしまうと、双方とも慌ただしくこれから控えた仕事へ向かっていった。


一方、和泉と共に東都の姉妹大学である、白樺《しらかば》大学医学部付属病院へ向かった黒河は、車で十分ほど行ったところにある目的地に到着すると、今日から三日間は行動を共にする白樺医大の外科部の中堅《ちゅうけん》、胸部心臓外科医の岡谷《おかや》と顔合わせをしていた。

和泉はお偉方に囲まれ別室、今は岡谷と二人きりだ。

「先に送っていただいたカルテを見せていただきました。今回お手伝いさせていただくのは、いずれもアメリカ帰りの治験患者。薬事未承認治療を受けている患者に間違いないですね」

白衣を纏い仕事に入ると、とたんに顔つきが変わるのは、黒河も白石と同じだった。

その上、他人のテリトリーに入るとなれば、普段にはない気遣いも生じる。警戒心も生まれ、ピリピリとした空気さえ自然と生み出してしまう。そのためか、黒河はカルテばかりを見ながら話を進め、あまり岡谷の顔を見ようとはしなかった。

「ああ。うち一人は、二月に君が手がけたという、心臓ジャケットを使用している患者だ。まだ心筋梗塞《しんきんこうそく》は起こしていないが、このまま放置しておけば、近いうちに起こす可能性を十分に持っている」

そうでなくともエリート意識、テリトリー意識の強い医師は多い。

その分プライドも高く、些細なことでも、妬み嫉《そね》みの原因になる。

「写真を見る限り、心臓がかなり肥大し始めていますからね。でも、この状況が検査で発見されただけ、患者はそうとう運がいいですよ。心筋梗塞を起こしてからでは、こんなに悠長《ゆうちょう》に構えられない」

しかも、東都という医大は、そもそも他の医大とは違うシステムで動いていた。医局、臨床《りんしょう》、教育の三角図は同じでも、もっとも重視されるのは、若い医師の育成。いかに早く育て、現場に浸透させ、習わせ、慣れさせるかということに力を入れているために、目に見えて若手層が厚い。

他の医大であれば、黒河と同じほどの術例を持つまでには、軽く四十後半は超えてしまうだろうが、黒河はまだ三十五。となれば、東都の中でも例を見ないほど執刀医になるのが早かった黒河は、その技術の前にまず、この若さのために嫉妬を受ける。

今の技術で十歳若ければ――――そう感じる医師、特に長時間の執刀をする医師からは、当然のように羨ましがられるのだ。そのため、どんなに技術が同等、もしくは相手より上であっても、年功序列《ねんこうじょれつ》の厳しい世界だけに、気を遣うのは常に年下だ。100パーセント、黒河のほうだ。

そんなこともあり、よほどのことがなければ、黒河は東都から出なかった。

こうして否応《いやおう》なしに出された時には、すっぽりと猫を被ることに徹していた。

「そうなんだ。だからこそ、絶対に成功させたいのだが。問題なのは、バチスタに及ぶには、ギリギリの肥大具合だということだ。未知なるジャケットの削除と同時にバチスタを決行するには、我々だけでは心細い。だから、和泉先生に相談した。都合のいい話で申し訳ないが、黒河先生を貸してもらえないか？　オペ室の守り神として、いてもらうことはできないだろうか？　と」

「そんな、ご謙遜《けんそん》を」

とはいえ、さすがにこのひと言を発するにあたっては、顔を上げた。

黒河はカルテから目を離すと、応接セットに腰をかけ、対面中だった岡谷に作り笑顔を向けた。

「自分より若い君に謙遜しても、何もいいことはないよ。むしろ、先輩医師としては、恥ずかしいだけだ」

「――――……っ」

ストレートに嫌味で返され、笑顔が強張る。言葉には出さないが内心「勝手に一人で羞恥《しゅうち》プレイでもやってろ」と叫ぶと、視線を外してカルテを見直した。

同じ猫でも、拗ねた黒河は始末に悪い。自分では気を遣い、我慢しているつもりだが、部屋の温度は一気に下がった。

「っ、すまない。気を悪くしないでくれ。同じ医師として、君のことは尊敬している。だが、嫉妬もある。私はこれを失くしたら、この先医師として成長することはできないだろう。だから、この気持ちを失くすつもりはない。いい意味で」

慌てた岡谷のほうから、すぐに謝罪がされる。

「ただ、君も医大の医師なら、多少はわかるだろうが。個人的な感情や、医師としてのポリシーだけで、私たちは患者に向かうことが許されない。東都で成功例を出したのなら、うちでも必ず出せ。そういう、数字しか追えなくなった上からの圧力は、患者にとってはマイナスにしかならない。執刀医にプレッシャーを与えてくる」

フォローもされた。同僚に求めるような、同意も求められた。

「だったら、自分が執刀しろよ――。何度となく喉元まで出かかっている台詞だが、現場を離れて数字しか見ていない老兵が、万が一にも〝じゃあやろう〟なんて言い出した日には、目も当てられないからね。これも患者のためだと思って、聞き流しているんだ」

気がつけば、そこから先は愚痴も零され、溜息までつかれ、姿勢まで崩される。

黒河は手にしたカルテを、いったんテーブル上へ置いた。

「本当言うと、こういう点でも、私は君が羨ましいよ。だって、君が私と同じ気持ちになったとしても、躊躇うことなく言うだろ？　和泉先生に言われる〝じゃあやろう〟なら、安心して聞けるだろう？」

かなり警戒心がとけたのか、視線を上げて岡谷の顔もジッと見た。

「まぁ――、はい。多分、うちは若手を育てるために、俺が一番前を走らされているだけです。だから、俺じゃなきゃ絶対にできない手術なんて、一つもありません。少なくとも、俺にできる手術なら、外科部長も和泉副院長もこなせます。たとえ治験の患者が一度に複数飛び込んできたとしても、適切かつ最善の処置をとれる上が、確実にいます」

改まって口にする機会はあまりないが、そう言われるとそうだな…と、思った。

「術例だけでいうなら、俺より上を行く先輩たちもかなりいますし…。そういう安心感があるから、俺は患者のことだけを考えられる。今回持ってきたジャケット除去のレポートも、実は第一助手をやらせた後輩が作成したものですし――――、俺はその作成時間さえ作らずに、別の患者に向かってました。本当に、恵まれてます」

車内でさんざん好き放題の態度を取ってきたが、あれにしたって和泉が自分にだけ与えた特権だ。院長直々の指示で、和泉が黒河の指導医に就いた。そして育て、早々に〝外科部のエース〟という自分のポストを黒河に委《ゆだ》ねた。その経過に、絶大な信頼が生まれているからこそ、許されている態度だ。

「貴重な台詞だよ、それは。普通は言いたくても言えないからね。君ぐらいの年では」

「――――はい。そうですね」

黒河は、本心から笑った。

「嫉妬していいかな？」

「甘んじて、受けます」

前に出されていた珈琲《コーヒー》カップにも、ようやく手を伸ばした。

「ありがとう――――と、言いたいところだが、実は君とこうして話してみて、嫉妬は綺麗さっぱりなくなったよ」

「は？」

傍らに用意されたシュガーボックスから、角砂糖をカップの中へと一つ落とした。

「君のような男がここにいたら、きっと私も自分の前を走らせる。代わりにレポートだって、いくらでも仕上げるよ」

寛いだ表情で語る岡谷に流されてか、もう一つ砂糖をポチャン。

「君の医師としての姿には、カリスマ性がある。同じ男としても、人としても、とても魅力があって、自然と惹《ひ》かれてしまう。多分、こうして話をしているだけでこんな気分にさせられるんだから、患者を挟《はさ》んで向かい合ったら、心酔《しんすい》してしまうかもしれない。こんなことなら、拗ねずに、あのドキュメンタリー番組を観《み》ておくんだった。実はビデオ録画したのに、観ずに捨ててしまったんだ。患者があまりに君が来ることに歓喜したものだから、その腹いせにね」

三つ目の砂糖が入る頃には、その様子に岡谷は噴き出しそうになった。

「――――っ!! いや、なんか…、失礼かもしれませんが、俺も先生好きですよ。さすがは和泉副院長の後輩っていう気がしますが…、先生のほうが全然嫌味がないんで、好感度大です」

だが、トドメとばかりに、四つ目を投入。黒河は何も気にせずミルクまで入れると、スプーンで何事もなかったようにかき混ぜた。

「それは、ありがたい。三日間、上手くやれそうかな？」

「全力でお手伝いさせていただきます」

「ありがとう。じゃあ、打ち合わせの続きをしようか」

「はい」

そして返事と共に、明らかに甘みで嵩《かさ》を増した珈琲に口をつけた。

「あ！　黒河先生っ!!」

「何か？」

『――……え？』

顔色一つ変えることなく飲み干した黒河に、二の句が継《つ》げなくなったのは、岡谷のほう。

以後三日間のうち、黒河は天才外科医と呼ばれることに恥じない仕事をこなした傍らで、白樺医大の語り草になるような甘党伝説をいくつも残していくことになる。

＊＊＊

充実した時間は瞬《また》く間に過ぎるものだが、この三日間は特に早い気がした。

黒河にしても白石にしても、勤勉さが災いしてか結局仕事三昧《ざんまい》。二人がまともに部屋で向かい合ったのは、すべての予定をクリアした最後の夜。明日には帰るという日曜の夜のことだった。

「何これ？」

ところがこの夜、二人の部屋に〝とあるもの〟が届けられていた。そのためか、白石はスイートルームのリビングでそれを前に、眉を顰める。

「いや…。指輪を取りに行った時に、バッタリ椎名《しいな》先輩に会っちゃって…。それが原因らしいんだが…」

応接セットのテーブル上には、かなり大きめな衣装箱がドンと置かれていた。中には真っ白なウエディングドレスが収められており、白石の失笑を誘っている。

「椎名って、泰一《やすかず》先輩？　紫藤先輩と同期の…っていうか、銀座《ぎんざ》でエステサロンを経営しているあの先輩だよね？」

「ああ。全然知らなかったんだが、福永がやってるウエディング・ビルの共同経営者でもあったんだ。ほら、白金台《しろがねだい》にあるビル…。あれに出店してるんだ」

「あ、あれ。去年オープンした総合ブライダルのビルだよね。そうか、そうだよね。あのビルには、椎名先輩のエステサロンと、確か弟さんがやってる美容室が入ってるんだもんね。しかも、同じビル内には、国内トップのメンズフォーマル・ＳＯＣＩＡＬ《ソシアル》に、永遠の乙女ブランド・アンジュ。確かＳＯＣＩＡＬの専務って、離れてはいるけど流一の後輩だよね？　法学部を主席で卒業したのに、司法試験を蹴ったって有名な子…。時々タレント業かなんかもやったりして、一度見たら忘れられないタイプ。でも、だからどうして、それがこれになるの？」

どうやら首謀者は浮かんできた。目的も見えてきた。が、白石はそれを認めたくないのか、同梱《どうこん》されていたカードを伏せると、見なかったことにしようと決め込んだ。

――――遅ればせながら、結婚おめでとう。可愛い後輩たちに、心ばかりのプレゼントだ。遠慮せずに受け取ってくれ♡　なお、返品は不可。売却も不可。必ず使用すること！――――

そう書かれた文字を丸無視した。

「あ、そうか。泰一先輩。仕事のしすぎで、送り先間違えたんだ。返さなきゃ」

　開いた箱も、そのまま閉じる。こういうところは、なかなか手際がいい。

「馬鹿言えっ!!　それですますな。椎名先輩が指輪だけじゃ物足りないだろうからって、わざわざ送ってきたんだろうが。さすがに人前でどうこうするような世間体も常識も持ち合わせてないだろうが、二人きりなら問題はない。結婚記念に楽しめってよ――って意味で、こんなところにまで、追跡をかけて」

　しかし、それは再び黒河によって開けられた。

　ドレスは箱から出されて、白石に突きつけられる。

「楽しむって、誰が？」

「多分、俺が」

「おやすみなさい。俺、今夜も疲れてるから」

　白石はソファから立ち上がると、その場から退こうとした。

「せっかくだろ、着てみせろよ!!」

　誰が逃がすものか、と黒河が細い腕を摑む。

「やだよ！　なんで俺が着なきゃいけないんだよ」

「これを使ったかどうか、追及されるのは、俺じゃねぇかよ。お前、俺に椎名先輩や、その仲間たちからの心遣いを、無下《むげ》にしろって言うのか？　何気なく寄こされてるが、これだけでいくらすると思ってんだよ!!」

　こうなると、収拾がつかない。

どうしてプライベートになるとこうなのか？　付き合いが長すぎるというのも、問題だ。

「ざっと百万はくだらない。フルオーダーの買い取りだったら、それぐらいは軽い。ここの相場なら、俺のほうがよっぽど知ってるよ。流一と奥さんの翔子《しょうこ》さんに付き合って、そのウエディング・ビルで同じようなドレスの価格を、しっかり見てきたから」

「なら、着ろよ。もったいない」

「だったら療治が着ればいいだろう。百歩譲って、俺が女なら着てもいいよ。十歳若かったら、考える!!　でも――――、これ以上言わすな！」

白石は頬を赤らめ、憤慨《ふんがい》し続ける。

「だったら、言わなくてもいいけど、東都の年功序列の威力も理解しろ。上からの命令は絶対だ。校則にはない、暗黙《あんもく》の了解だ。お前だってわかってるだろう、それぐらい」

「なら、どんな年功序列より、マドンナの称号を勝手につけられた俺の〝嫌〟ってひと言のほうが強いっていうのもお約束だろ！　そうでなくとも、在学中はことごとく祭り上げられて、遊ばれたんだ。卒業してまで、誰が遊ばれたいもんか!!」

こんな会話が日常だった時代が思い起こされ、恥ずかしいやら腹立たしいやら、どうしていいのかわからない。

「だから、言ってんだろう!!　お前に拒否権はあっても、俺にはねぇんだよ。ついでに言うなら、俺は先輩に真顔で〝いや～、楽しかったですよ〟なんて嘘が言えるほど、心臓据わってねぇ。たとえ白衣を着てても、こればっかりは無理だ」

とうとう黒河も逆ギレの域に入ってくる。どうでもいいようなことで盛り上がれるのは、高校時代からの同級生ならではだ。

「だったら、やっぱり療治が着れば。嘘はつかなくてすむよ」

「お前、見たいのか？　俺のドレス姿」

「…………」

答えたくもないことを聞かれて、白石が黙る。

「だろ。けど、俺は見たいぞ。こんな機会二度とない。ついでに言うなら、着せたあとには、脱がしたい」

「――――最低」

そのまま膝の上に引き寄せられると、今度は肉体から懐柔しようというのか、抱きしめられて逃げられなくなる。

「なんとでも言え。こんな美人な嫁さんもらったんだ。当然の欲求だ。さすがに買ってまでとは思わないが、せっかくもらったんだしな」

「ん！」

無理やり胸元にドレスをあてがわれて、あとはひたすら耳元で同じことを繰り返される。

「一回だけでいいって。今晩だけ。な」

どこのホストの誘い文句《もんく》かと思わせるが、だとしてもそうとうチンプで三流だ。

『――――あ』

顔を背け続けていた白石は、ドレスが収められていた箱の中に、まだ何か入っていることに気づき、黒河に視線を戻した。

「…なら、療治も着てみせて」

「あ？」

膝の上から立ち上がると箱のほうへ向かい、同梱されていた箱を取り出すと、その中身を広げてみせる。

「ほら、セットでタキシードが入ってる。それ、着てみせてくれるんなら、俺も着てもいいよ」

「なんだそれ⁉」

「ほら、引いた！　自分が言われたら、引くだろう。タキシードで引くんだから、ドレスで引くのは当然だろう」

天下を取ったような白石に、黒河は唇を尖らせる。

「わかった。なら、着る。だから、お前も着てみせろ」

「――…っ、もう」

痴話《ちわ》喧嘩としかいいようのない、売り言葉に買い言葉。最後は恥の度合いが少ない黒河に軍配が上がり、白石は衣装を手にすると寝室へと消えていた。

五分後――。

「信じられないっ。どうしてサイズが合ってるんだろう？」

そう言って寝室から出てきたのは、眩《まばゆ》いばかりのウエディングドレスを着た白石だった。

レースにフリルにリボンが売りのアンジュのドレスにしては、すっきりとした大人向けのシルエット。セクシー＆エレガントを感じさせるドレスは、どうやら白石のイメージに合わせて、デザインから仕立てまでフルオーダーされた品のようだ。

白石本人には気の毒な話だが、もとが華奢なところへ持ってきてウエイトが落ちた分、こうなると、スーパーモデルの試着にしか見えない華麗さで、違和感もない。

「お前も俺も、スーツはＳＯＣＩＡＬだろう。ってことは、サイズは全部、あそこで控えられてるからな――――っ」

想像はしても、実物の破壊力には敵わない。黒河は、ドレスに合わせてデザインされているだろうタキシード姿で白石を迎えると、語尾を詰まらせ、言葉を探した。

『っ…朱音』

こんな時に気の利いた言葉が出てこない。新婦は普段雄弁な新郎を黙らせるほど眩く、美しいようだ。

「…っ、療治」

しかし、それは白石にも言えることらしく、これまで一度として見たことがなかった黒河のタキシード姿を目の当たりにすると、頬を赤らめ見惚《みと》れてしまった。

「それって、白衣をイメージしてデザインしたのかな？　ロング丈のタキシードって、けっこういいね。療治には、すごく似合ってる」

長い裾《すそ》を引きずりながらも、黒河の傍へと寄っていく。

浮かべた笑みには、己の恥と引き換えて得た光景に、かなり満足したことが窺える。

「俺なんか、学祭以来だよ。ドレスなんか着るの。まったく、これだからあそこの卒業生が絡むと、始末に悪いよ」

花にたとえるならば、すっきりとしていて、品のあるホワイトのカラー。

黒河は、学生時代にはなかった色香を纏った白石を見つめていると、自然に口元が緩んでくるのが抑えられない。

「――――次は裸エプロン決定だな」

「は!?」

「ほら、サービスで一緒に入ってた。アンジュ特製、新妻用エプロンが」

いつもはサラリと出てくる「綺麗だぞ」。そのひと言が、なかなか出てこなくて、つい白石をからかった。

「療治!!」

黒河は、かなり落ち着いてこの状況を楽しんでいた白石の感情を再び乱すと、ようやく自分のペースを取り戻して、ドレスを纏った白石に手を伸ばした。

「嘘だよ。これ以上やられたら、こっちがもたねぇよ。お前、やっぱ犯罪者だぜ。こんなに綺麗に見えるって、罪以外の何ものでもねぇ。ってか、本当は、年ごまかしてんだろう?」

そっと引き寄せると、白い額にキスをする。

「わるかったな、年で。どうせすぐに六になるよ。療治より早く年食うよ」

「馬鹿、若く見えるって言ってんだから、拗ねるなよ」

ムスッと膨《ふく》らんだ頬にも、もう一つ。

「だって…。療治の周りって、純くんを始め、後輩の幸《ゆき》くんとか、渉《あゆむ》くんとか、若くて可愛い後輩スタッフも多いから」

「別に、俺は幼妻とか趣味じゃねぇから。ってか、あいつらだって、実際年だから。全然、若くねぇから。しかも、全員旦那持ち！」

嫌味なく通った鼻筋にも、もう一つ。

「でも――男って、少しでも若いほうが好きってタイプのほうが多いから」

「じゃあ、何か!? お前も若いほうがいいのかよ。そういや、会社に行けば、ゴロゴロいるもんな。取引先にも、俺より若いのがいっぱい」

ブツブツ言いながらも、快くキスを受ける白石が、愛《いと》しくて愛しくてたまらない。

「療治は、療治だからいいんだよ！」

「なら、一緒だって。朱音は朱音だから、いいんだよ」

黒河は行き場に迷ったままの白石の両手を取ると、自分の首へと回させた。

「…っ」

「だろう」

ギュっと抱きすくめると、そのまま白石の身体を横抱きにし、ソファへと下ろす。

「もう、次元の低い会話。こんな話、患者さんが聞いたら、絶対に切らせてくれないよ」

「お前だって。こんな姿見られたら、会社が潰《つぶ》れるぞ。男どもが、仕事よりお前のほうが気になってよ」

寝室へ行く間さえ惜しんで、口付ける。

「んっ」

「だから――――、これは二人の秘密だ。お互い商売、あがったりになるからな」

濃密なキスは、時として肌を貪る愛撫にも負けないほど、身体を熱くし、鼓動を高める。

「療治…」

「冗談抜きに、悪くねぇぞ」

「おだてても、二度と着ないよ」

黒河は火照り始めた白石を身体で感じると、その手で頬や髪を撫でつけてから、一瞬白石から離れた。

「馬鹿。一度だから、価値があんだろう。二度も、三度も誰が着せるか」

先に自分の上着に手をかけると、そのまま脱ごうとした。が、それに気づいた白石は、どうしてか横たわっていたソファから跳び起きた。

「あ、ちょっと待って!! 脱がないで。療治のほうは、別に普通のカッコなんだから、写メぐらい撮らせてよ」

「は？」

驚く黒河もなんのその。再びドレスの裾をズルズルと引きずり、いったん寝室へと消えると、携帯電話を片手に戻ってきた。

「そろそろ携帯の待ち受けを、新しいのに変えたかったんだ。だから、はい！　撮るよ」

唖然としている黒河に携帯電話のカメラレンズを向けると、その姿をパシャリと収める。

「いや!!　ちょっと待て。これは普通のカッコじゃねぇだろう？」

黒河が抗議をしようと立ち上がったところで、パシャリパシャリと連写される。

「こんなの、テメェの結婚式じゃなきゃ、着ないもんだから。しかも、待ち受けって。誰かに見られたら、全部バレるじゃねぇかよ。俺だけが恥かくんじゃねぇかよ、朱音！」

――――だけならまだしも、白石は映した画像を確認しながら、携帯電話に手を伸ばす黒河に背を向け、クルリクルリと身を躱《かわ》す。

「わ♡　いい感じ。せっかくだから、純くんたちに送っちゃお♡」

こんな動作の中でもメールを打ち込むと、黒河虐めとしか思えないような行動を、愉快そうに取る。

「一括送信、えいっ」

「って、待て!!　話が違う、一括はやめろ、朱音!!」

「もう、送っちゃったよ」

『この天然ド鬼畜《きちく》め――――!!』

黒河は、こういう白石の本性を知りながらも、ドレス姿に惑《まど》わされた自分に、奥歯を噛んだ。

『なんでこうなるんだ。そうだ、みんなこの笑顔に騙《だま》されるんだ。でも、被害に遭うのは、大概俺だ。いや、どう考えても、昔から俺ばっかりだ！　こんなカッコを一括送信って…。どのあたりの交友関係までが、お前の一括範囲なんだよ!!』

二度と同じことはないにしても、似たようなことなら数えきれないほどされている。なのに、懲りずに未だにやられる自分が嫌になる。

「別に問題ないだろう？　今夜の療治、すごーくカッコイイんだから。みんな同じこと思うだけだよ」

『何やってんだ？　この馬鹿は――――ってな』

しかも、今の世の中、送ったメールのレスは早い。相手が携帯アドレスならば、なおのこと。

黒河は突然響いた着信音にハッとすると、その場にしゃがみ込んだ。

「うわ。反応早いっ。やっぱり、池田先生たちにまで送っちゃったからかな？」

「いや、違う。これは呼び出しだ」

「え？」

が、これはそういうことではなかった。黒河は足元に脱ぎ散らしていたスーツを探ると、上着のポケットから携帯電話を取り出していた。

「もしもし。はい。はい――――わかりました。すぐに行きます」

わずか三十秒もない会話だけで通話を切ると、そのまま元のスーツに、着替え始めた。

「療治？」

「昨日手術を終えた患者が、急変した。多分、合併症を起こしたんだと思うが、和泉とこれから病院に行く。場合によっては、明日一緒には帰れないから、そのつもりでいてくれ」

そうして着込んでいた正装一式を、白石に手渡す。

「わかった」

「今夜は、付き合ってくれて、ありがとうな」

たったワンコールの呼び出し音で、オンオフが切り替わる。

黒河は白石の頬をひと撫ですると、携帯電話だけを摑んで、足早に部屋を出て行った。

『療治――――』

白石がドアまで見送る隙もない。

「気をつけて！　慌てて、自分のほうが怪我するなよ」

「ああ」

やっとかけた声の返事は、すでに閉まった扉の向こうだ。

「はぁ。大変な仕事だな」

両手に抱えた新郎衣装を抱きしめると、白石は心底から呟いた。

「一生に一度の婚礼衣装か…。でも、やっぱり白衣に敵うものなし。着飾った療治もいいけど、いつもの療治のが、数倍いいや」

今度こそ、自分の携帯電話にメールの着信音が響いて、先ほどの一括送信の返事が次々と入る。

「あ、常備してるセカンドバッグを、忘れていってる。いいのかな？　いらないのかな？　携帯と自分で、足りるのかな？」

だが、白石はメールのチェックを後回しにすると、先に抱えた新郎衣装を箱に戻した。

「それにしても、療治の患者さん――――。持ち直すといいけど」

寝室に足を運ぶとドレスを脱いで、私服へと着替え直し、脱いだそれを片づけるために、リビングへと戻った。と、今度は部屋のインターホンが鳴る。

「っ!?　療治？　やっぱ、忘れ物だろう！」

白石は、慌てて出て行った黒河が戻ってきたと思い、セカンドバッグを持つと、急いで中から扉を開けた。

「はい、バッ…」

「NASCITAの白石朱音だな。悪いが、しばらく付き合ってもらうぞ」

「っ!!」

悲鳴を上げる間もなく、口元をハンカチのようなもので塞がれた。

『…っ、これは…っ、クロロ…ホルム？』

手にしたバッグを滑り落とした時には、白石の意識は薄らいでいた。

『療治…――――っ』

白石はその場に身を崩すと、深い闇の中に落ちていった。

5

急速に意識を失った白石には、過去にこれと同じような経験があった。

あれも、今夜と同じほど、とても深い眠りだった。

〝さ、時間だ。行ってこい〟

〝っ…、療治〟

〝行って、帰ってこい。待ってる〟

それは、最愛の恋人、黒河に笑顔で見送られて入った手術室でのことだった。そこで白石がたった一人で就いた眠りは、まるで闇の中を彷徨《さまよ》うような、不安ばかりが満ち溢《あふ》れていた。

『療治…』

麻酔が効き始めて、意識が遠のく。

『どうか、もう一度。せめてもう一度、療治に好きって言えますように』

最愛の者の笑顔、姿さえその意識と共に、薄らいでいく。

『愛してるって、言えますように——』

永久への旅立ちを錯覚させるような、底の見えない怖さ。それは、それほどまでに、深く暗い無の世界へと向かうような昏睡《こんすい》だった。

『——療治』

〝朱音?〟

それだけに、意識が戻って瞼が開いた瞬間、白石は生まれて初めて、誕生の喜びを知った。

〝朱音〟

〝…療治…〟

この世に生まれた時の言葉にできない感動。言葉にならない命の尊さを、我が身で知ったと心から感じた。

〝お帰り〟

そう言って笑った男の顔が眩《まぶ》しくて、白石は目を細めた。

〝ただいま〟

自然と溢れた涙で視界が歪《ゆが》むと、それからしばらくは何も見えない。だが、その手に触れた温もり、その頬に触れた温もりは確かに最愛の男のもので、白石は黒河と同じ世界にいることを実感すると、点滴に繋がれた腕に力を込めた。

〝ただいま、療治〟

ギュッと握りしめてくれた黒河の手を、自らも力の限り握りしめた。

「ん…っ、ん―――療治？」

「お兄ちゃん…？」

まるで、今日のように。

『お兄ちゃん？』

今、この瞬間のように―――。

「お兄ちゃん。目が覚めた？」

『この子…誰？』

だが、再び目覚めた白石の前に、黒河の姿はなかった。

「おはよう」

あるのは眩しいと感じるほどの日差し、そして初めて見る子供の顔だった。


一夜が明けた月曜日のことだった。

野上は早朝からフロントへ駆けつけると、ホテルマンを連れ立ち、白石と黒河が宿泊していたスイートルームへと向かった。

「すみません。とにかく、携帯にも部屋の電話にも出ないんです。まさかとは思うのですが、一応確認させてください。持病を抱えている方なので」

野上がいつになく冷静さを欠いていたのは、昨夜ホテルを出た黒河から、今し方連絡が入ったからだった。

「っ、そうですか！　それは大変です。さぞ、ご心配ですよね。さ、どうぞ」

ホテルマンも内容が内容だけに、足早に廊下を進む。スイートルームへたどり着くと、スペアキーを取り出し扉を引く。

「失礼します、社長。野上です――――!?」

野上は言葉と同時に中へと入った。しかし、そこに白石の気配はない。

「なんだ？　これは…」

入り口には、黒河のものと思われるセカンドバッグが落ちている。そしてその上には、キラリと光るエタニティーリング。

「指輪――!?」

白石が自ら外していくことなど、考えられないことだけに、野上の不安は肥大する。しかも、それらの横には、二つ折りにされた用紙があり、野上は胸騒ぎをいっそうのものにすると、それを手に取り、開いて見た。

『白石朱音は預かった。無事に帰してほしくば、本社に戻って連絡を待て。警察に知らせれば、白石朱音の命はない。栗原養二――』

一瞬震えた野上の手から、白石のリングが床に零れて、円を描くように転がっていく。

『あっ、朱音さん!!』

連れ去られた証となってしまったリングは、そのまま黒河のセカンドバッグにぶつかり、留まった。

＊＊＊

黒河と鷹栖に連絡を入れたあと、野上はホテルからヘリをチャーターすると、まずは急いで東京へと戻った。

ＮＡＳＣＩＴＡ本社の屋上ビルにヘリが到着した時には、すでに九時を回っている。本社には鷹栖をはじめとする重役たちが顔を揃え、社長室へと集っていた。

「野上!! お前が同行していながら、どういうことなんだ!!」

「申し訳ありません」

「しかも、解雇した社員に恨みを買って、社長が誘拐されるなど――……。だから、あの時警察に知らせていればよかったんだ!! 専務がご忠告申し上げたんだから、お前もボサッとしていないで、社長の説得に当たればよかったんだ」

野上は身体を折り曲げたきり、顔を上げることさえ許されない状況に追い込まれた。

「これでは、我が社はいい面《つら》の皮だぞ。今更警察に届けるにしたって、マスコミのいい餌食《えじき》だ」

しかし、さすがにこの言葉にはカッとなって頭を上げた。

「お言葉ですが」

「ふざけるな！ こんな時に会社の体面が、どうこう言ってる場合か。不謹慎《ふきんしん》にもほどがある」

が、野上が反論する前に、心ない重役への叱咤《しった》は、鷹栖のほうから飛ばされた。

「鷹栖専務っ」

「大体、少しは頭を働かせろよ。なんで、わざわざ誘拐犯が、実名名乗ってるんだ。あえて、うちの社員だってことを、アピールしてるんだ」

「それは…、では、別の人間が、わざと栗原の名を？」

「馬鹿を言え。取引に時間をかければ、社長は病院に行けないぞって、ストレートに言われてんのが、わからないのか!!」

「っ!!」

たじろぐ重役を相手に、鷹栖は野上がもっとも心配していたことを、声を大にして口にした。

「たとえ栗原が社長に直接手を出さなかったとしても、決められた周期で治療ができなければ、今後の社長の身体に、どういう悪影響が出るのか、わからないんだぞ」

そう、日付が変わった本日は月曜日。となれば、明日の火曜午後は白石の通院日――――退院してから週に一度、一回として欠かしたことのない、癌の再発防止治療の点滴を受ける日なのだ。

しかも、問題はそれだけではない。

「まして、社長は身体一つで誘拐されているんだ。常備薬も手元にはない。たとえば誘拐されたショックから、胸痛《きょうつう》が出たとしても、痛み止めの薬も飲めない。呼吸困難を引き起こしても、呼吸器官の開口剤も、酸素吸入も使えない。社長は片肺しかないのに…、肺活量だって人並みの半分程度しかないのに……、この意味がわかってるのか、お前は!!」

「――――…っ」

鷹栖の心配は野上の心配。そして、連絡を受けた時の黒河が、真っ先に心配したことで、これがただの誘拐であっても胸が潰れる思いだろうが、白石が常備薬一つ持っていないということが、彼らを生きた心地もしないという域に追いやった一番の原因だった。

「わかったか。警察なんかに介入されて、下手に取引を引き延ばされれば、それだけで社長の身が危ない。何かしらの危険はある。栗原が名乗ってきているのは、それを警告するためだ」

鷹栖がいつになく激情を露《あらわ》にしたのも、そんな白石が今この瞬間に、どうなっているのか、それさえ確認できていないことに、他ならなかったのだ。

「はい…」

そんなことにも気が回らないのか――そう、言いきられた重役の一人は、深々と頭を下げると、後ろへ下がった。

無闇《むやみ》に野上に当り散らした男たちも、その場に立ってはいるが、視線を交わし合うと、口を噤《つぐ》んだ。白石の身を案じてはいても、己の保身に走ってか、その後は口を開くことはしなかった。

「では、専務。今後、栗原から要求があったらどうするおつもりで？」

すると、残された手紙を野上より見せられた時から、沈黙を守り続けてきた常務の筒井が、ようやく口を開いた。

筒井は役職こそ常務という立場にとどまってはいるが、前社長の友人、片腕として、もっとも長くＮＡＳＣＩＴＡに勤めてきた男。それは息子の白石の代になっても変わらないが、そのために次期社長を目指す者たちにとっては、絶対に敵には回せない男なのだが、それでも鷹栖の態度は一貫していた。

「当然すべて呑《の》む。どれだけ要求してくるかはわからないが、全額払う。無駄な時間は一秒たりとも使えない。だから、今のうちに金の準備はしておけ。最低でも古い紙幣で一億。キャッシュで要求された時には、まずそれぐらいは必要だろう」

「専務」

誰に媚《こ》びるでもない姿勢は、たとえどんな場であれ、どんな相手であれ、揺らぐことがなかった。

「何、社長さえ取り戻せれば、そのあとに金も栗原も押さえられる。どんなに思いきったことをしたところで、所詮《しょせん》は仕事しか取り柄のない仕事馬鹿だ。そうでなければ、もっと上手く研究資料やデータの横流しをしている。大体そこで失敗してるっていうのに、身のほど知らずも大概にしろっていうんだ」

ただ、そんな鷹栖の性格を知り尽くしていただけに、野上はこの光景に、正直驚いていた。

てっきりはなから誘拐犯など相手にしない。嘗めるな、ふざけやがってのひと言で、警察に通報するなり、要求などすべて却下して――――という、強攻策を取るものだとばかり思っていた
過激な鷹栖が、こうしてみると誰より白石の身を案じている。

口調や態度は相変わらずだが、NASCITAではなく、白石本人を一番に気遣っている。

『鷹栖専務…』

こんな時に…とは思ったが、野上は少しホッとした。

『これなら私は朱音さんのことだけを気遣える。いや、場合によっては、こんなことになっても朱音さんが気遣っているだろう、NASCITA自体に気を回せる』

しかし、野上がホッとしたのもつかの間だった。

「――――で、その身のほど知らずがこうまでして、なんで金が要《い》るのか、理由はわかってんの

か？　見当ぐらいは、ついてんのか？」

「…!?」

社長室の扉が開かれると同時にかけられた声に、鷹栖をはじめとする重役たちは、いっせいに振り返った。

「黒河先生」

野上が思わず声を発した。

「黒河先生…」

「東都医大の」

「いや、社長の…」

重役たちのざわめきを誘ったのは、白樺医大から直接こちらに駆けつけたのだろう黒河。

野上が事情説明のために連絡をした時には、急変した患者も落ち着いたから、俺もすぐに行く
――ということだったが、どうやら彼もまたヘリを使って戻ってきたらしい。

手配しただろう和泉も、彼の後ろに黙って控えている。

野上とは目が合ったが、今は何も言わなくていいと、合図をしてくる。

『真理さまも…。これは、心強い』

黒河は、鷹栖や重役たちを一通り見渡すと、部屋の中へ踏み込んだ。

「そもそも動機はなんだ？　仕事しか取り柄のない男だって、当然のように言われるような奴が、なんでこんな大それたことをやらかしてるんだ。ん？」

「それはきっと…、ギャンブルか何かで、借金でもつくったんだろう。もしくは、女とか。金が要る理由なんて、世の中にはいくらでもある」

一番近くにいた者が、咄嗟《とっさ》に答えた。

「金だけが、目的ならな」

「えっ!?」

黒河は顔色一つ変えることなく、切り返す。

「だが、こんな犯罪を犯してまでってなったら、普通それ以外に、何かあんだろう？　なんせ、金だけの問題なら、破産宣告をすりゃいい。もしくは、早期退職で金をもらうって手もある。そうでなくてもＮＡＳＣＩＴＡには、社員ケアのために、どんな内容でも無料で相談にのってくれる、社員用の顧問弁護士がいる。それは自分が親父にコロッと逝かれて、パワーハラスメントをさんざん食らった朱音が、社長になって最初に手がけた仕事だろう？　ってことは、金だけの問題なら、ここでまず片がつく。そうじゃないのか？」

こんな時でも、意趣返しは忘れていないのか、黒河は自分に対して、明らかに〝うっとうしい〟という顔を見せた、きっと白石にもさんざん同じ顔を見せていただろう重役に、ここぞとばかりに過去のパワハラを責めた。

「────っ…それはっ」

「だから、理由はなんだ。動機はなんだって、聞いてんだよ。これが初めての事件だっていうなら、わからないもありだ。けど、そいつは二度目なんだろう？　一度は社内で御用にした。理由ぐらい、吐かせてねぇのかよ」

普段と変わらない口調。冷静すぎる黒河の眼差しが、重役たちの顔色を次々に変えていく。

「報告書には、金銭苦としかなかったが…。栗原の尋問に当たったのは、誰だ？」

顔色が変わらなかったのは、鷹栖だけだった。

「支社の者です。本社からも最終確認に当たった者はいますが…」

「なら、一応確認を取れ。栗原がいた研究室の人間にも、何か思い当たることがないか、聞くように言え」

部下に指示を出すと、真っ向から黒河と目を合わせる。

「すぐに理由の一つや二つは見当がつくと思います。これでいいですか？」

「いいも悪いも、まだなんの要求もされてねぇんだろう？　俺が言ってるのは、その栗原って男が欲しいものが、本当に金かどうかもわかってねぇのに、そういう構えだけでいるのは危険じゃねぇのか？　ってことだぞ」

これまでにないほど、部屋の空気が張り詰める。

「何が言いたいんですか？　黒河先生。我々には、他に思い当たることなんて、何一つありませんよ。誰に対しても、何に対しても、後ろめたいことなんかしていない。社内外のいずれからも、脅迫を受ける謂《いわ》れはない。ましてや、社長個人が、同じ研究部出の社員に恨まれるような理由を持っているとも思えない。失礼ですが、我が社が白石朱音を代表とする組織であることを念頭においていて、お話をしていただきたい」

そんな中で、先に不快を露にしたのは、鷹栖のほうだった。

「なら、いいがよ。――――ただ、それだけのことが口にできるなら、俺が言ったことも忘れるな。少なくとも、命の重さをちゃんとわかってるはずの男が、そうでなくとも、どこまで生きられるかわからない男の命を危険に晒してるんだ。金じゃ買えない、命ほど重い何かを、要求される可能性があっても不思議はないぞ」

黒河は、白石を盾に切り返してきた鷹栖にぐうの音《ね》も出ない。が、それは決して不快なことではないだけに、黒河の口調は少し柔らかくなった。

「命ほど重い何か…？」

黒河がトーンを落としたからか、自然と鷹栖の口調も穏やかなものになる。

「それがなんなのか、目に見えるものなのか、そうでないのかは、男の価値観次第かもしれないけどな」

「――――…っ」

しかし、会話はここで暗礁に乗り上げる。

声が響かなくなると、とたんに秒針の音だけが、耳につく。

「それにしても、どうして何も連絡してこないんだ」

「社長は、ご無事なんだろうか？」

普段、待たされることに不慣れな者が、声を発した。

溜息とざわめきが室内に広がる。と、そんな中で、野上が黒河の傍へと近づいた。

スーツの上着の内ポケットに手を入れると、中からハンカチを取り出し、大切に包んであったそれを差し向けた。

「黒河先生、これを――」

「…っ!?」

ハンカチの中には、真新しいエタニティーリング。

何があっても、自分の指からは外さないで――そう白石が言った、永遠の恋愛の証。

「脅迫状と一緒に残されていました。すみません。私がもっと、早くに気づいていれば。部屋に、社長を訪ねていれば…」

黒河がリングを摘み上げると、野上は深々と頭を下げた。

その姿を目にすると、黒河の顔に、初めて苦笑が浮かび上がった。

「それは、言いっこなしだ。そもそも、あいつを一人で部屋に残したのは、この俺だ。俺が、あんたにひと言断りを入れておけば、まだ違ったかもしれない」

黒河は、手にしたリングを一度はスーツのポケットへとやった。が、万が一に失くすことを恐れたのか、そのまま自分の左手の小指に嵌めた。

『――朱音』

病に倒れてから、どれほど痩《や》せていたのかがわかる。白石の薬指にピタリと嵌まっていたリングは、決して太いわけでもない黒河の小指のサイズと、まったく同じだ。

唇を噛みたい衝動を、奥歯で紛《まぎ》らわす。

黒河の行くあてのない感情が、悲憤《ひふん》となって体内に渦巻く。

「――――それも、今となっては…って、話だな。お前がそんなことに気を回していたら、あの患者は助からなかった。それこそ、乳飲《ちの》み子一人を部屋に残して出かけたわけじゃないんだ。悔いたところで、始まらない」

それを察してか、黒河の肩を和泉がポンと叩いた。

「和泉」

「真理さま」

「今はとにかく、連絡を待つだけだ」

そして、その視線を黒河の左手へと流すと、

「黒河、さすがに今度ばかりは、お前に仕事はさせないぞ。朱音が無事に戻ってくるまで、お前は欠勤だ」

その指輪は、それまで外すな。自分の枷《かせ》にしておけ。そう言い含めて、微笑を漏らした。

「――――…っ」

黒河は、言葉を詰まらせ、答えなかった。今回ばかりは、逆らう気にもなれない。白石の命を、病巣以外の者が握っている。病巣以上にやっかいだと思う人間が握っている。

『くそったれ!!』

どうして人はこうなんだ?

どうして生あるものの中で、人間だけがこうなんだ!?

黒河は、やるせない思いに奥歯を嚙みしめると、小指に嵌めたリングを、右手で包むように握りしめた。

『朱音…。無事でいろよ、朱音！』

そうして今は、犯人からの連絡だけを待った。


静まり返った社長室にコールが鳴り響いたのは、正午近くのことだった。

「来たか!?」

「私が出る。もしもし」

スピーカーをオンにし、電話に出たのは鷹栖だった。

〝もしもし。こちらは東都大学医学部付属病院、小児科《しょうにか》ですが、栗原さまのお宅でしょうか？〟

「――――は？」

しかし、かけてきたのは、とうてい犯人とは思えない相手。鷹栖は周囲が聞き耳を立てている中で、戸惑いの声を上げた。

〝送られてきた写真とカルテ一式を、拝見しました。少し、事情説明を、お願いできますか？〟

「っ…、え？」

誰もが先方からの内容に、首を傾げ、眉を顰める。

「私が代わろう」

その様子に、ここまで黙って控えていた和泉が、前へ出る。

「もしもし、和泉だ。君は小児科の誰だ？」

鷹栖から受話器を受け取ると、まずは名乗って、相手の名を確かめる。

〝っ、副院長!?　どうして…え!?　あっ、山岸《やまぎし》ですが〟

当然、かけてきたほうの困惑も、そうとうなものだ。

「ああ――――、小児科の山岸くんか。どうして、ここへ電話をしてきた？　ここはNASCITAの本社だ。しかもこの番号は社長室の、しかも社長デスク直通だぞ」

〝NASCITAの社長室!?　ええ!?〟

「まあ、いい。いきさつを話せ。どうして電話をしてきた？」

だが、動揺し合っていたところで、埒《らち》が明かない。和泉はすぐに山岸に説明を求めた。

黒河たちは、スピーカーから聞こえてくる声に、全神経を集中させる。

〝あ、はい。実は、つい先ほど…。黒河先生宛に、差出人不明の不審郵便物が届いたんです。で、安全のために事務のほうで先に開封したんですが…、中に五、六歳と思われる男児のレントゲン写真やスキャン、カルテ一式が入っていて――――。何かあってからでは大変だから先に確認してほしいと、私のところに回されてきたんです〟

しかし、突然の名指しに、黒河は電話の傍へと寄った。

「五、六歳の男児のカルテだ？」

これには和泉も驚き、電話の応対をしつつも、黒河と目配《めくば》せをする。

〝ええ。ただ、この男児が、常染色体劣性《じょうせんしょくたいれっせい》多発性《たはっせい》遺伝嚢胞腎《いでんのうほうじん》で、一歳の時には両腎《りょうじん》を摘出、腹膜透析《ふくまくとうせき》を受けているんです。肝臓《かんぞう》のほうも敗血症《はいけつしょう》を繰り返していて…、すぐにでも移植手術が必要な状態だと思うのですが、それなのに、どうして？　って思って〟

いくらここがＮＡＳＣＩＴＡとはいえ、重役たちにはあまり聞き覚えのない病名が続く。が、それでもわかるところはわかる。腎臓と肝臓の悪い子供のカルテが、黒河宛に送られてきた。しかもこのタイミングで、栗原の子供と思われる男児のものが。

「だから、心配になって、思わず電話をしてしまった。ということか、栗原さんの家に？」

〝はい。電話番号に修正されたあとはあったんですが、カルテには連絡先が残っていたので。でも、どうして…ＮＡＳＣＩＴＡの社長室に？　すみません。慌てて、ダイヤルし間違えたのかもしれません〟

黒河は思いつめたような眼差しで、左の小指に嵌めたリングに視線を落とした。

「いや、間違ってはいないよ。私たちは、連絡を待っていた。ここに、電話がくるのを待っていた。だから、不審物をそのままにしておかなかった事務の子にしても、患者の容体を真っ先に気にして受話器を上げた君にしても、さすがは東都の者だ。私は鼻が高い」

和泉は淡々と会話を進めると、次にやるべきことが見えてきたと同時に、それが困難極まりないことだろうという予感から、ふいに空いたほうの手で、額を押さえてしまった。

〝副院長…？〟

山岸も何かを察して、不安そうな声を上げる。

「とにかく、黒河を連れてすぐに戻る。君は、私たちが戻るまでに、奥平《おくだいら》先生に連絡を入れて、院長室に行っててくれるかな?」

〝奥平先生…って、消化器外科のですか?〟

「そうだ。もちろん君も、そのカルテも一緒にだ。説明は戻ってからする。院長にも、そう伝えてくれ」

〝わかりました!〟

和泉から新たな指示が出されると、山岸はそこで電話を切った。

和泉も受話器を置くと、傍にいた黒河に病院へ戻ることを告げた。

「ということだ。戻るぞ、黒河」

「ああ」

黒河は力強く返事をすると、その場から立ち去ろうとした。

「確かに、ただの金目当てではなかったですね。さすがは黒河先生。読みが深い」

すれ違いざまに、鷹栖が言う。

「いやらしい言い方してんじゃねぇよ。悪かったな、会社のほうを疑って。お前らが、なんか恨みを買ってんじゃないかって、勘ぐってよ」

「いいえ。スーパー・ドクターは大変ですね。社長も大変な方を身内にされたものだ」

「っ!!」

黒河はチッと舌打ちすると、プイと顔を背けて、扉のほうへと歩いていく。が、そんな黒河に待ったをかけたのは、つい先ほどこの部屋から出て行った重役の一人だった。

「いや、待ってください、専務。あながち、我が社が恨みを買ってなかったとも、いえないようです」

男はやけに慌てたふうに言葉を発すると、出て行こうとした黒河を、強引にその場に引き止める。

「何？」

「今、支社長から問い合わせの返事が来ました。実は、栗原は、子供にお金がかかる、生まれた時から腎・肝臓が悪く、今後も手術ができる病院を探さなければならないという相談は、上司にしていたそうなんです。だから、どうにかならないか？　何かいい方法はないか？　という訴えは、常にしていたらしいんです。それを、栗原の部下が証言したそうです」

まるで、重役たちだけではなく、黒河にも話を聞いてほしい。そう言わんばかりに、黒河の腕を摑んだまま、報告をする。

「ただ、それを忙しさにかまけて、上が聞き入れなかった。仕方がないので、本社に聞いてもらえる人間はいないかと、問い合わせもしたらしいんですが…。生憎《あいにく》、対応が悪かったらしくて。そうこうしているうちに、データ処理のミスをし――、先日の研究資料・データの流出未遂事件に」

「何!?　ミスだ？　故意じゃなくて、ミスだというのか!?」

そうして話が進むうちに、鷹栖の顔色が変わった。

「――栗原の部下の証言だと、そのようです。ただ、だとしても、栗原自身がもともと金策に走っていたことは事実で。何が本当なのかは、こうなると、当人のみぞ知る…ですが」

どうして誘拐犯が、身元をきっちりと晒していったのか、その真相が明らかになるにつれて、鷹栖の顔にも苦渋《くじゅう》の色が浮かぶ。

「だが、栗原の上司や上役が、彼の訴えすべてを撥ね除けたがために、先日のような上《うわ》っ面《つら》だけの報告書が回ってきた。このことだけは確かなんだろう？」

「はい。残念ながら」

「…っ。参ったな。社長の情が、裏目に出たってことか。こんなことなら、強引に話を進めるべきだった。警察に送っていれば、もっとしっかり事情聴取がされたかもしれない。場合によっては栗原の無実を、警察が実証してくれたかもしれないのに」

本心から出た言葉だった。どうしてあの時、引いてしまったのか。なぜ、自分がもっと強い姿勢で臨《のぞ》まなかったのか。鷹栖は白石とのやり取りを思い起こして、後悔を露にした。

「専務…」

戸惑う常務が、声をかける。

野上や重役たちは、この場のトップである鷹栖の意思を、そして決定を待つしかない。

「もちろん、言っても始まらない。いずれにしても、管理職の教育を怠ったことが、最大の原因だ。責任は、総括している我々にある。当然、こればかりは、社長ご自身にもかかってくる。ただ、その部下の証言するいきさつが真実なのだとすれば、栗原の要求は間違いなく、この二点だろう。黒河先生には子供の手術とその成功を、そしてこのＮＡＳＣＩＴＡには、それにかかる諸費用の全額負担を。それが社長の身柄を解放する条件になるはずだ」

だが、鷹栖の視線はそんな部下たちにではなく、最後は黒河へと向けられた。

こんな状況の中で、患者を診ろというのだろうか？

しかも、重病だろう息子の命を救えというのだろうか？

果たして栗原は黒河と白石の関係をわかっていて、こんな無茶な要求しているのだろうか!?

そう思いながらも鷹栖は、医師としての活動を、つい先ほど和泉から停止されたはずの黒河をじっと見た。

『だからといって、どこの世界に恋人を人質《ひとじち》に取られて、まともに仕事ができる医師がいる!?最愛の者を盾にしている犯人の子供を、助けられる医師がいるっていうんだ!!』

理屈ではない。これでは、感情がすべてを崩壊させる。白石の命も、子供の命も失くしてしまう。そんな予感に駆られながらも、鷹栖は黒河を見続けた。

「ついでに言うなら、警察沙汰《ざた》にならないように。必要最低限以外の人間にも、バレないように。あくまでも、秘密裏《ひみつり》にな」

黒河はフッと笑って答えた。

『黒河先生…!?』

答えると共に、利き手で左の小指からリングを抜き取ると、その後は和泉と共に病院へと戻っていった。

それから一時間後、栗原本人からの要求が、ようやくNASCITAの社長室へと届いた。

「賢《かしこ》いNASCITA幹部の皆様へ。すでに、要求は察していただけたと思うが、こちらの要求は二点だ。これから妻子を東都医大の黒河医師の元へ行かせる。そこで黒河医師に、最善の治療をしてもらうことがまず一点。その治療にかかるすべての費用を、NASCITAで負担していただくことが残りの一点だ。すべて終わり、妻子が無事に戻ってきたら、白石朱音は解放する。要求が一つでも呑まれなかった、また裏切られた時には、白石朱音の命はないと思え。我々はすでに命がけだ。息子と心中することなど恐れてはいない――……か」

要求は、メール経由のFAXで送られていることから、居場所はまるでわからない。どこかに隠《かく》れ家《が》を設けて潜伏しているのか、それともホテルか宿屋かに潜伏しているのか、捜す手立てはあったにしても、白石のことを思えば、下手な動きはみせられない。

「専務…」

「心配するな、野上。とにかく、妻子が東都に着いた段階で、社長の状態なり安否《あんぴ》の確認はできるだろう。こちらは社長を取られているが、逆をいえば妻子を取れる立場でもある。人質の数だけなら、二対一だ。こちらのほうが有利だ――」

『普通…、ならな』

鷹栖は、何もできない苛立ちに、堪えるしかなかった。

今は黒河たちに任せるしかない。それが彼にとっては、一番の苦痛だった。

一方、誘拐された白石は、この時自分でもどこにいるのかが、まるでわからなかった。

なぜなら、目が覚めた時には、後ろに回された両手と両足を、バスローブの紐《ひも》のようなもので拘束《こうそく》されていた。そしてそんな白石はキャンピングカーのベッドに寝かされていて、意識が戻った時から、車は常に移動し、居場所を変えていた。数時間ごとにパーキング等で停車はするものの、カーテンが閉めきられた車内からでは、何一つ確認ができない。周囲の物音だけでは、自分の居場所などわかるはずもない状態だったのだ。

「はぁっ…っ。はぁ…っ」

だが、そんな現実よりも白石を苦しめていたのは、栗原から聞かされた、ことの成り行きのほうだった。

「お兄ちゃん、大丈夫？」

目が覚めた時から、心配そうに何度も白石に声をかけてくれた子供が、このままでは死んでしまう。そんな子供を抱えて必死に助けを求めたはずの両親を、結果的には自分が追いつめた。あの時、疑問を覚えながらも、解雇という決断を下《くだ》した。それが正しいと信じた自分が、何より今の白石を苦しめ、その呼吸さえ困難なものにしていた。

「パパ…。ママ…。お兄ちゃん苦しそうだよ。可哀想だよ。これ、解いてあげなよ。どうしてこんなひどいことするの、パパ!!」

それでも、白石は視界を塞がれることもなければ、口を塞がれてもいなかった。

「そいつが、悪い奴だからだよ。見た目は優しそうだが、すごい悪人なんだ。だから、お仕置きしてるんだよ。反省させるためにね」

「でも！」

子供の手前それができなかった――というよりは、おそらく白石の体調を思えば、最低限の拘束しかできなかったのだろう。こんなことまでしたかったわけじゃない。だが、せざるを得ないところまで追い詰められた栗原の心情がわかるだけに、白石は事情を知ると、何一つ抵抗はしなかった。

「…大丈夫だよ。ちょっと、息が苦しくなっただけだから。じっとしてれば…、落ち着くから。ありがとう、心配してくれて」

「お兄ちゃん」

「それより、ごめんね。お兄ちゃん、本当に悪い人だよ。何も知らなくて…。パパのことも、直《なお》輝《き》くんの病気のことも、何も知らなくて…」

むしろ、何もわかっていない子供にだけは、両親が何をしようとしているのか、悟《さと》らせまい。せめて自分なりに守ろうと決めて、この場も必死にごまかした。

「そんなの、知るわけないじゃん。初めて会ったのに」

「直輝くん」

「パパだって、そうでしょ？　そうだよね？　なのに、どうして知らないお兄ちゃんにお仕置きなの!?　こんなお仕置きは、僕にだってしたことないよ？　これじゃあ、パパのほうが悪い人だよ。変だよ、パパ！」

しかし、両親に守られ、大事にされ、必死に生きてきただろう曇《くも》りのない眼差しを、ごまかし続けることは難しかった。直輝と呼ばれた子供が素直で正直であればあるほど、白石も両親も追いつめられていった。

「――――直輝。いいから、こっちにいらっしゃい。パパにはちゃんと、あの人にお仕置きする理由があるの。どうにもできずに、あの人にもわかってることなの」

それは、母親が子供を白石の元から引き離す。

「ママ…？」

「それより、あなたはこれから病院に行くのよ。ママと一緒に、病気を治しに」

子供に言い聞かせると、病院へと向かう支度をし始める。

「また、病院なの？」

はきはきとしていた子供の声が、ガクンと下がる。

「これが最後よ。パパがね、とてもすごいお医者さんに診てもらえるように、頼んでくれたの。ほら、直輝もこの前テレビで観たでしょ。パパの会社が映ってたやつ」

「スーパー・ドクター黒河!!」

しかし、沈んだ分だけ跳ね上がったように、直輝の声が車内に響き渡る。

「そう。その黒河先生が、診てくださることになったの。直輝がこの先生に診てほしいって、言ってたでしょ。それを伝えたら、直輝を連れてきなさいって。手術をしてくれることになったの」

白石は、今にも零れそうな涙を隠すように、ベッドに顔を伏せた。

「本当!! テレビに出てた先生が、僕の手術してくれるの？ でも、お金は？ いっぱい、かかるんじゃないの？ パパ、ずっと会社お休みしてるし、この車も借りっぱなしだし…。本当はお金ないんじゃないの？」

「それは――――、パパの会社が出してくださることになったの。ほら、パパはいつもたくさんお仕事してるから、助けてくださることになったの。それに、黒河先生がいる病院は、パパの会社と同じ東都グループだから、いっぱい割り引きもしてくれるんだって。だから、お金のことは直輝が心配しなくてもいいの。大丈夫なのよ」

車を止めたまま運転席にいた栗原も、あえて聞かないように顔を逸らしている。

「へー。すごーい。でも、移植手術には、ドナーっていうのが必要なんでしょ？ それがないと、黒河先生でも無理なんでしょ。だって、テレビに出てたパパの会社の偉い人…、最後は死んじゃったよ」

白石は、流一のことを言われると、我慢ができずに泣き伏した。

『こんなことを子供に悟らせるための番組ではなかったはずなのに――――』

そう思うと、枕を涙で濡らした。

「それは、ママがいるから大丈夫。直輝に必要な腎臓や肝臓は、ママがあげるから心配ないの」

「え？ やだよ!! それじゃあママが死んじゃうよ」

「ママは大人だから、直輝に分けられるだけの腎臓も肝臓もあるの。それに、黒河先生はすごい先生でしょ。絶対に手術は成功するんだから、ママも直輝も安心だから」

「そっか!! そうだよね。なんだ、本当に今回は大丈夫なんだ。検査ばっかりとか、お薬ばっかりとかじゃないんだね」

「ん。だから、行こう。時間を守らないと、いけないから。黒河先生は、忙しい方だから」

「わかった!」

心の中で叫ばずにはいられない。

『療治、流一——どうか、この子を助けて!! この親子を、助けて!!』

白石は、肩で息をしながらも、伏せた顔を上げることができなかった。

「でも、パパ! お兄ちゃん、いっぱい反省してるから、早く許してあげてね。ごめんなさいって言ってるのに、許してあげないのは、お仕置きじゃなくて意地悪だからね」

「——ああ。わかったよ」

支度がすんだのか、母子は車を降りていく。が、ということは、ここはすでに東都医大の近くかもしれない。もしくは、最寄《もよ》り駅の前?

「じゃあ、あなた」

「直輝を頼むぞ」

「はい」

白石の脳裏に、一瞬そんなことが過ぎった。

『この夫婦、決死の覚悟だ』

しかし、それでも白石は声を上げることをしなかった。

扉が開いた瞬間に大声を上げれば、表にいる誰かが気づいたかもしれない。誰もいなくとも、確実に自分の居場所ぐらいはわかったかもしれないが、何もしないまま母子二人を見送った。

『そりゃそうだ。たった一人の息子だ。それも、あんなに可愛い盛りで。健気で、懸命に生きてる子だ。何をしたって、助けたいと思うのが親心だ』

そうして栗原の手により、扉は閉められ、鍵がかけられた。

栗原は枕に顔を伏せた白石を起こすと、苦笑を浮かべた。

「――お仕置きじゃなくて、意地悪か。子供っていうのは、下手な大人よりも核心《かくしん》をついてくるもんだな」

「栗原係長」

「そんな同情的な顔されたって、今更恨みは忘れないよ、社長。たとえあんたがどうなろうが、俺はすべてが無事に終わるまでは、あんたを解放しない。病院にも行かせない」

今が盛りの男の顔が、自分のほうが病持ちなのでは？　と思うほど、やつれている。

「万が一にも警察に知らされたり、妻からの定期連絡が途切れたり、あんたが下手なことをしようとしたら、即死んでもらう。あんたは俺の運命共同体だ」

白石は、そんな栗原に言った。

「俺たち家族の共同体…とは、言わないのか？」

「――――……っ」

栗原は核心をつかれたかのような顔をすると、唇を嚙みしめ顔を逸らした。

「栗原係長っ」

「とにかく!! 事情も目的も説明した。あとはおとなしくしててくれ。あんたがNASCITAのトップとして、少しでも責任を感じるなら。冤罪《えんざい》で解雇した俺に、申し訳ないという気持ちがあるなら。手術が無事にすむまででいいから、逃げようだなんて考えないでくれ」

声を発しながら、運転席へと戻ると、栗原は再び車を動かし始めた。

「あんたを一日も早く解放するためにも、今だけはじっとしててくれ!」

運転席から聞こえる悲痛な声。

『…栗原係長』

白石は、今一度ぐったりとした身体を、ベッドに投げ出し瞼を閉じた。

6

誰もが長いと感じた月曜日、その一夜が明けた火曜日の朝、栗原の携帯電話が鳴った。

〝もしもし。あなた〟

それは昨日東都医大へと子供を連れて行った、栗原の妻からの定期連絡だった。

「輝美《てるみ》か？　その後はどうだ？　東都の、黒河の対応はどんなだ？」

車を停めて一夜を明かした栗原は、あえて白石を横たえたベッドの角に腰を落とすと、わざと二人の会話が聞こえるような位置で話した。

〝――要求は、すべて呑まれているわ。直輝を連れて医大に行った時には、もう入院の準備もできてた。黒河先生は、直輝にまったく悟られることなく、接してくださって。むしろ、病院のほうは、何も知らないいんじゃないか？　って思うぐらい、私たちを普通に迎えてくれたわ。ただ――、ぁ〟

が、相手の声が突然途切れた。

「ただ、なんだ!?　どうした、輝美!?」

〝――直接聞かなきゃ納得できねぇかもしれねぇから、俺から子供の状況を説明させろって言ったんだ〟

『療治!!』

慌てて声を発した栗原に返事をしたのは、黒河だった。

「誰だ、お前は!!」

〝主治医にご指名いただいた、黒河だ〟

「黒河!?」

白石は、その声を聞いただけで、何か身体の強張りが、とけていくようだった。

『――療治』

せめてひと言でも話したい。そんな衝動に駆られながらも、今はジッと堪えていた。

〝いいか、こっちも時間が惜しいんだ。一度しか言わねぇから、よく聞けよ。お前の息子、直輝の病状はそうとう悪い。これ以上放っておいたら、確かにやばい。腎臓も肝臓も移植するしか、ないだろう。そっちがドナーつきで要求してきた、生体移植をするしかない〟

なぜなら黒河は、ここに白石の存在のあるなしを問うこともせずに、栗原に子供の状態を説明してきた。

子供の命を最優先に――。そう願う白石の思いを察しているかのように、医師である自分に徹していたのがわかるだけに、白石は黒河同様、自分のことは二の次にしたのだ。

〝だがな、どうやら状況が悪すぎて、一つ一つやってる場合じゃない。肝臓と腎臓を別々に移植するとなると、免疫抑制剤《めんえきよくせいざい》の影響で、感染症にかかる危険性が高まる。だから、肝臓と腎臓を同時移植するしかないんだ〟

「――腎臓と肝臓を同時に移植?」

とはいえ、話の内容は、誘拐とは別にしても、切実なものだった。

〃そう。ただ、そうなると、ドナーが二人要る。なのに、ここにはドナーが一人しかいない。実際、医学的に見ても、適したドナーは、母親である輝美さんしかいない。一人のドナーからこの手術をやるのは理論上可能だが、まだ日本では例がない。危険度が高い手術になるのがわかっているだけで、成功率が0パーセントとも100パーセントとも言えない。そういう手術だ〃

「――――…っな…んだと」

『成功率が…わからない？』

白石でさえ、黒河からは聞いたことがない。例のない状況だった。

〃奥さんは、それでもやりたいと言っている。だが、それで失敗した日には、人質に何されるかわからないからな。だから、お前にも確かめたいんだ。この手術、どうする？　って〃

「今更、今更…じゃあいいですなんて言えるもんか!!　何が何でもやってくれ。成功させろ。妻も子供も元気で返せ――――。でなければ、白石朱音は返さない!!」

栗原は、思いがけない診断に、動揺した。

当然といえば当然のことだろうが、感情のままに声を荒らげた。

〃っ――――、ふざけたこと言うのも大概にしろよ。テメェな、なんか勘違いしてんじゃねぇのか!?　手術をすれば、誰でも元気になるなんて思ってたら、大間違いだからな!!〃

が、そのことが黒河の怒りを買った。

「っ、なんだと!!」

〃どんなに簡単な手術であっても、絶対の保証はない。難しい手術ならなおのことだ。それは、お前だって、知ってることだろう？　直輝の両腎取った時にだって、担当医から説明されただろう!!〟

黒河は電話の向こうで、罵声《ばせい》を飛ばした。

「それを、あんたまで言うのか!?　天才外科医の名を欲しいがままにしている、黒河療治までもが言うのか!!　あんたは、神の手を持つ医師じゃないのか？」

〝当たり前だ！　俺はただの人間だ。最善の努力はできても、絶対、確実なんて約束はできねぇ。ましてや、それができるなら、とっくにやってる。大事な朱音に…、自分の命に代えてだって守りたいと思う白石朱音に、ここまで苦しい思いなんかさせてねぇ!!〟

「――――…っ、自分の命…って？」

黒河も栗原も立場は同じだ。最愛の者が、命の危険に晒されている。それを、目の当たりにしているのは、変わりがない。悲痛な叫びに、栗原は声を詰まらせた。

『…っ療治』

白石は、聞いているだけで、胸が痛くなる。

〝ったく、いい年した男が、寝ぼけたこと言ってんじゃねぇぞ。大体な、お前たち夫婦は勝手に俺を指名してきたが、俺は小児科医でも、臓器移植の専門医でもないんだぞ。やってやれないことはないが、術例だけを挙げるなら、胸部心臓から上のほうが断然多い。腹部の執刀なんて、月に数えるほどしかやってない。これに関してだけをいうなら、俺より確かな医師は、全国に山ほどいるはずだ。そこんとこ、わかってるのか!?〟

けれど、現実から目を逸らすことはできなかった。黒河の〝どうしてこんな時に俺なんだ!?〟という、訴えからも、耳を逸らすことはできなかった。

「それでも、直輝にとっては、神なんだ。自分を助けてくれる、唯一の希望なんだ」

栗原は、大きな深呼吸をしたあとに、縋るように言った。

〝何!?〟

「――あの子は、生まれた時から、闘病《とうびょう》生活を送っている。もう、病院は嫌だ。先生も見たくない。何度、そう言ったかわからない。生きているのが嫌だと言って、泣いたこともある。たった六歳の子が。六年しか生きてない子が――。でも、テレビの特番を観て、あんたの姿を食い入るように観て、両目を輝かせたんだ。まだ治るかもしれない。この先生なら。そう言って期待したんだ」

白石が昨日、見聞きしたままのことを、黒河に伝えた。

「こんなの、テレビのヒーローに縋るようなもんだってことは、俺も妻もわかっている。けど、あんたはドラマのキャストじゃない。実際、腕の確かな医師であることも、間違いはない。それは、俺もNASCITA社員の端くれだ。わかってることだ!!」

どれほど〝病は気から〟と言っても、それだけでは治らない。そんな現実があることは、大人ならわかっている。

もしかしたら、直輝自身だって、わかっている。

「――だから、手術をしてくれ。あの子を、もっともっと、生かしてくれ。自由にしてやってくれ。頼む…。頼むから――」

けれど、縋れるものなら何にでも縋りたいと思う気持ちに、大人も子供もない。日々苦しんでいるなら、なおのこと…。藁《わら》をも摑む思いで縋ったところで、それは人としての真理だ。

〝預かった限り、最善の努力はする。だが、俺にはそうとしか、言えない〟

しかし、それでも黒河の返事は変わらない。医師としての言葉には、いつも真実しか込められていない。

「先生…」

だから黒河は、白石にだって、真実を告げた。

たとえ病巣を取り除《のぞ》いたところで、快気するわけではない。まずは五年生存率を目指すことになる。これから五年、生きられるかどうかに、全力を尽くすことになる――と。

けれど、告げるほうと、告げられるほう。痛みはどちらだって、同じはずだ。

黒河がその痛みに麻痺《まひ》してしまうということはない。彼は何度でも同じ痛みを繰り返す。

だが、だとしたら、どれほど自分を傷つけながら、黒河はこの仕事をしているのだろう？

患者やその家族と、痛みを分け合ってきたのだろう？

そう思うと、ただ切なくてならない。誰より痛みを知ってる。命の重さを理解している黒河だけに、白石は、自分が一番黒河を苦しめている――そんな気がしてならないのだ。

〝ただし、努力はするが、そういう手術だ。盲腸《もうちょう》を切るのとはわけが違う。時間が、かかる。手術までの準備にも、手術そのものにも、術後の経過を見るにも。だから、一度朱音を返せ。治療には全力を尽くす。約束する。だから、朱音を返せ！〟

しかし、それでも黒河は、白石を求め続けた。

「それはできない。こいつはあくまでも、人質だ」

〝なら。せめて朱音の治療をさせろ。常備薬の服用をきちんとさせろ。どこに隠れてんだか知らねぇが、今すぐゲロして、そっちに看護師と道具を届けさせろ。お前だって朱音が治療中なのを承知で、こんな真似《まね》をしてるんだろう!? 週に一度通院してるってこともわかってんだろう!!〟

最期の瞬間まで愛している――。そんな思いで、白石を守り続けている。

〝これを拒めば、俺は手術はしねぇぞ。脅しのつもりで朱音に何かしようものなら、俺がまとめて女子供も血祭りだ!!〟

そしてそんな激情は、時として黒河を死神に変える。

「なんだと!! あんた、それでも医者か!!」

〝医者で悪かったな!! だから俺は、神でもなんでもねぇって、前ふっただろう!! いい加減に、納得しろよ。俺は白衣を纏った人間だ。お前と同じただの人間なんだから、大事な朱音を甚振《いたぶ》るような奴らを、警察になんて突き出さねぇよ。一番苦しむ方法で、お前の女房とガキは俺が地獄に送ってやる。お前を一番苦しめるためにな！〟

冷酷で残忍な、ただの一人の男に変える。

〝いいか、ことが失敗しても、女子供だけは無事だなんて思うなよ。自分一人が犠牲になれば、なんて甘いことも考えるな。そもそも俺はこんなことをされて、黙ってハイハイ言ってるようなお人よしじゃねぇ。悪いが、性格の悪さと残虐《ざんぎゃく》さなら、お前なんか屁《へ》じゃねぇよ！　少なくともお前とは比べものにならないぐらい、死体を見てきてんだ。女子供だからって死体は死体だ、俺に情なんか通じねぇからな！〟

「――――…っ」

〝間違っても、これ以上俺を怒らせるな。朱音さえ無事なら、俺は最善を尽くす。お前たち親子の味方になってやる。きっと、朱音が今頃してるんだろう後悔の分ぐらいは、俺が代わりに清算してやる〟

黒河の強さと理性の裏には、幼い頃からの積み重ねがある。

人が神にはなれずとも、死神になれること、悪魔になれることを知っている。そんな残酷なまでの本能を、真理を理解した上に、成り立っている。

〝さあ、わかったら場所を言え。俺は朱音が大事なだけだ。お前たち夫婦が自分の命より直輝が大事だっていうように、俺は朱音だけが大事なだけだ。それさえ守れれば、全力を尽くす〟

そんな黒河の一面に、知らずに触れた栗原は、折れるしかなかった。

本気で命を盾にした時に、黒河の強さに敵うはずもなかった。

「――――なら、これから指定する場所に、看護師を一人だけ寄こせ。下手なことをすれば、白石朱音の命の保証はしない。俺は白石朱音を殺して、お前に妻子を殺される前に、警察へ行く。絶対に、妻子に手は出させない」

栗原は、条件はつけたが、要求を呑んだ。

黒河

〝はっ!? 変な脅《おど》しだな。まあいい。それで、どこへ行けばいい?〟

黒河の声には、安心と労《いたわ》りが戻っていた。

『療治…』

白石は少しだけ緊張が解けた。そして――――。


『黒河先生』

『はぁっ。どうなることかと思った』

そんな黒河を直に見ていた浅香や野上は、黒河が元の口調に戻るとホッとした。

ベッドだけが置かれた病室に共に集っていた和泉たちも胸を撫で下ろしていた。

「わかった。それじゃあ、あとで」

黒河は栗原と話し終えると、白石の安否を問うこともなく、輝美の携帯電話を切った。

「黒河先生、それで社長は!?」

「とりあえず、大事には至っていないだろう。不自由はさせられているだろうが、あの分ならそれなりに気は遣ってんだろうし――――。少なくとも栗原は、根っからの悪《ワル》じゃない。どんなにギャーギャー言ったところで、自分の命は捨てられても、他人の命は取れないタイプだ。んなものは、育てられた子供を見ればわかる。なぁ、奥さん」

二人の会話をジッと聞きにまわっていた者たちを前に、切った携帯電話を輝美に返した。

「っ…っ」

輝美は言葉もなく、携帯電話を握りしめると俯いた。目の前で表情をコロコロと変えた黒河に、怯える自分を隠せないでいた。

「――――とにかく、今日中に朱音の治療はできることになった。これだけでも、今はよしとするしかない。奴を説得するには、段階がいる。こっちにも、説得できるだけの準備がいるからな」

黒河は、輝美から視線を逸らすと、まずは周りを見渡した。

「なら、私に行かせてください」

「俺に行かせてください！　俺が、行きます」

「っ、野上さん」

「浅香先生」

目が合うより先に声を発したのは、野上と浅香。となれば、どちらに任せるかは、答えが出たも同然だ。

「っ、すみません。お気持ちはわかりますが、白石さんには点滴治療が必要です。資格のない野上さんには、無理です。それに、何かの弾みで体調不良を訴えた時でも、俺なら処置ができます。医師としても、看護師としても、対応できますから。この場は俺に行かせてください」

「っ…っ」

浅香以上の適任者など、この場合、他にはいない。

「野上。面《めん》が割れてなければ、俺が行ってるところだ。それをこうやって、我慢してるんだ。ここは浅香に任せてやってくれ」

「黒河先生」

野上も納得するしかなかった。

「じゃあ、早速準備をしてきます」

浅香は一礼すると、緊張感を漲らせつつも、使命感に燃えていた。

「おう。ついでに直輝の現状のカルテ、詳しいのを作ってあるから、コピーを持って行ってくれ。それを元に、お前が直に説明してやれば、多少は違う。一日千秋《いちじつせんしゅう》の思いってやつが、一日百秋ぐらいにはなるかもしれねぇ」

しかし、すぐに病室を出ようとした浅香を、黒河が引き止めた。

「黒河先生…？」

「どんな凶悪犯でも直輝の父親だ。俺のあの説明じゃあ、きっと今頃、生きた心地もしねぇだろうからな」

笑顔で指示を出すと、浅香の顔にも、自然と笑みを浮かべさせた。

「っ、わかりました。俺からも、医大を上げて全力を尽くしていると言付けておきます」

「頼むぞ。――――あっ、浅香!!」

そして今一度呼び止めると、黒河は着込んだ白衣のポケットから、シガレットケースを取り出した。

「はい？」

「あとこれを、朱音に渡してやってくれ」

「これは…」

空のシガレットケースの中には、白石のエタニティーリングが入っていた。

「ご丁寧に、人質の証拠として、置いていかれたもんだ」

「っ…っ、なんてひどい」

浅香は黒河の手で中身を確認させられると、込み上げた怒りから頬が震えた。

『せめてもの心の支えさえ、脅迫の材料にされたのか!?』

――そう思うと、つい輝美のほうを睨《にら》みそうになった。

「ま、それでもお前が行ってくれれば、安心だ。朱音には、もう少しの辛抱《しんぼう》だから…、そう伝えてくれ」

しかし、それは黒河からの言葉、閉じて手渡されたシガレットケースの存在で防がれた。

「っ、はい。わかりました」

浅香は預かったシガレットケースを握りしめると、大きく頷き、その場を立ち去った。

「はぁっ。それにしたって、何がなんだかよぉ。迂闊《うかつ》にテレビになんか、顔出すもんじゃねぇな。

流一には悪いが、いつか殴ってやるぞ。いや、このさい弟の駿介に八つ当たりでもするか?」

後ろ姿を見送る黒河の溜息がやるせない。

居場所を知りながら、会いに行けない。自分が向かうことが許されない。

何も知らない患者や他の医師たちの目を盗んで空き部屋に集った者たちは、思わず額を押さえた黒河に、自分もまた溜息をつきそうになる。

『黒河…』

『――――…ふんばれよ』

様子を見守り続けた和泉と聖人は、互いに視線を行き来させると、この状況を最後まで見届ける覚悟を決めていた。

「あ、そうだ、野上。お前にも頼みたいことがある」

と、一度は重々しくなった空気を断ち切るように、黒河が野上に視線を向けた。

「なんでしょう？」

「お前んところの過激派専務。警察に通報はしなくても、何をしでかすかわからねぇ。こっちは互いに、命がけの駆け引きをしてんだ。今回は、金も出さなくていいから、手も出すな、黙っておとなしくしてろって伝えてくれ」

「…っ、はい？」

何かひどく肝心なことを言われた気がするが、野上は肯定とも否定ともとれる返事で、答えてしまう。

「ついでに、できることなら見張っとけ。あの手の男は、会社以外にも人脈を持ってる。朱音の信者の使い方だって、心得てるはずだ。いざとなったら、警察なんて表立った組織に頼らなくても、栗原を追うことは可能なはずだからな」

「はい」

勢いのまま返事をしてしまったが、とてつもなく肝心なことを、了解してしまう。

「ってことだ、奥さん。聞いての通り、この件からNASCITAは切り離すぞ」

そう、それは野上に返事をさせた黒河が、改めて輝美に向かって言ったこと。栗原から出された条件の一つ、NASCITAからの支払いを却下されたということだった。

「どういうことですか？」

これには輝美も顔を顰《しか》めた。野上や和泉たちも、一瞬顔を見合わせる。

「直輝にかかる金を、NASCITAからむしり取ったら、あんたら夫婦は完全に犯罪者だぞ。そんなことになったら、この先誰が直輝を育てるんだ。子供に一生犯罪者の子っていう、烙印《らくいん》を押すつもりか？　それじゃあ、助かったとしても意味がねぇだろ」

しかし、黒河はそんな周囲を尻目に言いきった。

「でも――――、払えるお金があったら、こんなことしてません。あの子が助かるなら、私たちは一生監獄にいてもいいんです」

「なら、それだけの覚悟があるなら、これから用意する書類に、腹を据えてサインをしろ。今回の手術は未知だ。やってみなくちゃわからない。それに、手術が成功したから、直輝が完治する、そういう保証があるわけじゃない。成功したって術後の容体が悪ければ、可哀想だがどうなるかはわからない。それが現実だ」

「っ――――…っ」

「最後に奇跡を起こすのは、医師じゃない。患者本人の生命力だ。俺たちは、その手助けをしているにすぎない。それだけだ」

栗原に言いきったように、これればかりはどうにもならない。誰にもどうすることもできないということを、輝美にも告げた。

「ただ、結果はあとから出るにしても、この手術と治療にかかる費用に関しては、多分病院側でフォローすることができる。ここは医大だ。言い方は悪いが、今回のように例のない手術は、貴重な資料になる。実績にもなる。それをライブで観せるといえば、金を払っても観たいという医療関係者は数多くいる。決して公にはできないし、大きな声でも言えないが、これはあんたたちが承諾すれば、そういうふうにも持っていける内容の手術だ。言い方は酷だが、見世物になる覚悟をしろ。今後の医学の布石になる覚悟――――、それがあれば、まともにやったら莫大《ばくだい》な費用がかかるだろうこの手術の費用は、病院側でどうにかする」

そうして伝えた上で、黒河が栗原に告げた〝白石の後悔に対しての清算方法〟を説明した。

「っ…、え？　病院側で…って、じゃあ…」

「この手術をだしに、こっちで勝手に稼《かせ》ぐ。だから、あんたたちからの金はいらない」

あまりに想像もしてなかったことを言われて、輝美は驚きに目を見開く。

野上は和泉たちに、そんなことが可能なのか？　と、無言で問いかけている。

「――――どんなに社会保険に入っていようが、補償に限界は来る。生まれつきじゃ、生命保険も何もない。ましてや栗原が解雇じゃ、肝心の社会保険さえ適応されない。国の補償だって、微々たるもんだ。あんたたち夫婦が上げた、悲鳴の意味はわかる。たとえ首になっていなくとも、いずれは何かしでかしただろう。それぐらいの負担が、この五年の間にかかり続けてきたこともわかる。だから、俺が今言えるのは、犯罪者になるぐらいなら、売れるものを売れってことだ。どっちにしたって、こんな手術は、ホイホイとできる内容のものじゃない。危険だが、やってもいい――――、そう言う医者だって稀《まれ》なはずだ。でも、だからあんたたちは、カルテを俺に送ってきた。どこに行っても無理だと言われたから、俺に縋ってきた。違うか？」

しかし、誰が何を言ったところで、黒河は輝美に言ってしまった。

「黒河先生…」

「ま、経過を見る限り、俺と朱音の深い関係までは、よくわかってなかったみたいだが…。それでも、俺は縋ってきた者は捨てない。最善だけは尽くす。だから、決死の覚悟があるなら、俺が言ったことを承諾するか否《いな》かを考えろ」

撤回する気は毛頭《もうとう》ない。口にしたことは、やり遂げることしか考えていないだろう。

「詳しい説明は、書類ができてからもう一度する。それまでに、犯罪者になるか、見世物になるかの覚悟を決めておけ。最後に治療方法を決めるのは、医者じゃない。選ぶのは、当事者たちだからな」

「っ…、わかりました。主人にも、そう…伝えます。では、のちほど…改めて」

輝美は身体を折り曲げるようにして頭を下げると、零れそうな涙を隠しながら、この場を立ち去った。携帯電話を握りしめながらも、直輝の病室へと戻った。

部屋の扉が閉まると、室内には野上と黒河、そして和泉兄弟の四人が残った。ベッドが二つばかり入った病室の中には、なんともいいがたい空気が漂《ただよ》っている。

「国内初の一人ドナーによる肝腎同時移植を、ライブでか。お前も、本当にこういう悪知恵はよく働くな。だが、それで失敗しましたは、許されないぞ。術後の経過はともかくとして、手術そのものは、必ず成功させなければ、洒落にならないぞ！」

そんな中で、黒河に一声を発したのは、窓際に立っていた和泉の弟、聖人だった。

「そんなことは、わかってる」

「なら、今以上のプレッシャーを自分に与えてどうする!? お前、実はマゾか？ それとも、自分を虐めて悦ぶサドか？ 普通の神経じゃ、誰もやらないぞ!!」

聖人の剣幕を見れば、一番知識のない野上にもわかる。黒河が輝美に言ったことは、途方《とほう》もないことだ。直輝の手術を受けることそのものが、本来ならば医師である黒河にとってはハイリスク。これまでに積み重ねてきた実績を下げるだけになるかもしれない、危険な賭《か》けなのだ。

「――――なんとでも言え。それでも朱音が泣き続けるよりはいい」

「っ、朱音だ？」

腎肝臓は専門じゃないと、黒河は言った。

こんな手術は、受ける奴が稀だろう――――とも言った。

けれど、それでも最善を尽くす。縋ってきた者を、見捨てることはしない、とも言った。

「話は聞いてんだろう？ 勤続二十年の勤勉社員の首を、NASCITAは冤罪で切った。警察に突き出すことを回避させたのは朱音だが、それでも栗原を解雇したのは社長の朱音だ。ってなったら、どんなにお前のせいだけじゃねぇだろう、これはもともと、下層部下の怠慢《たいまん》が原因だろう!?　って言ったところで、あいつの性格じゃ納得しねぇよ。あの高飛車《たかびしゃ》な専務でさえ、これに関しては反省したんだ。朱音じゃあ、泣いても泣ききれねぇよ」

神から両手を、死神からは両目を授かったといわれる男。ならば、子供の背後に死神がいるのか否か、黒河にはすでに見えているという可能性もある。

成功率が見えない――その言葉の中に、すでに答えがあるのかもしれない。

「きっと今だって、自分がこんな目に遭ってることより、栗原への申し訳なさと、トップとしての責任から苦しんでるはずだ。けど、そうなったら、俺にしてやれることなんて、全力で直輝を診てやること。和泉や組織に力を借りて、金の工面をしてやること。そして、あの夫婦を犯罪者にはしない、そういう既成事実をつくってやることぐらいだろう?」

だが、それでも黒河が最善を尽くすのは、ただ一人の人間のためだった。

囚《とら》われの身となった白石が上げた心の悲鳴を、しっかりと受け止めているからだった。

「いや、それだけしてやれば、十分だと思うが。というか、そんなことは、そもそもお前じゃなきゃできないことだ」

馬鹿が――、そう言いたいのを堪えて、和泉は笑った。

「和泉」

「そうそう。はたから見たら、栗原親子は人生で最大の棚ボタだ。宝くじに当たるよりも、難しい幸運を手に入れた。俺にはそう見えるがな。ついでに言うなら、朱音もな!」

こうなれば、話を重くしたところで、仕方がない。そう思ったのか、聖人も茶化《ちゃか》すように笑ってみせた。

「キヨト」

「それでも、栗原という夫婦には、一生理解できないかもしれないが――――。失敗のできない手術、しかも初めてやる手術で、わざわざこれだけのプレッシャーを自分にかける医師なんか、どこにもいない。ましてや、身内を人質に取られて、ここまで相手に紳士的になれる医師など、俺は知らない。やっぱり、お前はタダモノじゃない」

野上は、和泉の言うことが、もっともだと思った。

「神だの死神だのってたとえは、もうやめろよ。何かと尾ひれが、つきまくるからな」

「ふん。お前が誰より人間らしいのは、私が一番わかっている。だからこそ、いろんなものを神から託された〝最高医師だ〟と評価しているだけだ。白衣を脱いだら、どうかと思うがな」

「ひと言多いんだよ」

だから、彼には誰もが手を貸したくなる。黒河には、手を差し伸べたくなる。そのことを、今一度実感した。

「それより、思いつきであれこれ言っちまったが、あんたならやれるよな？　この東都なら、できるよな？　最高のライブショーは」

それでもことがことだけに、黒河は和泉に確認を取った。

「お前がやると言ったんだ。尻拭いは、私の仕事だろう。ただし、いずれにしても、こんな馬鹿な成り行きで、お前に黒星をつける気は毛頭ない。この東都医大の外科部のエースに、不名誉な傷を残すつもりもない。だから、たとえお前が失敗しても、私は〝これが患者の寿命だった〟と言いきるぞ。それを誰に対してもまかり通し、貫き通す。それが嫌なら、成功させろ。いいな」

和泉は和泉で、これだけは曲げない。譲らないということを、黒河に伝えた。

「ああ」

「なら、最高のステージと客は、私が用意してやる。あとは、お前と患者次第だ」

そうして黒河の腕をいつものように軽く叩くと、一足先に部屋を出た。

『何が起こっても、すべての責任は私が取ってやる。だから、お前はやれることをやれ。どんなに困難な執刀だとしても、失敗を恐れることなく全力で当たれ。神の手、死神の目は、そうして育まれていく。これからだって、磨《みが》き抜かれていくものだからな――』

和泉は和泉なりに一つの決意し、すれ違えば誰もが頭を下げる、そんな院内の廊下を力強く歩いて行った。

これからの手術に、術後の経過。浅香はそれらを踏まえて、まずは二週間分の常備薬、そして万が一に備えた、三回分の点滴や機材諸々《もろもろ》を用意すると、他にも必要になりそうなものをできる限り持参し、黒河から聞いた指定場所へ、聖人の愛車で向かった。

キャンピングカーで移動する栗原と合流するために指定されたのは、高速道路のサービスエリア。それだけに、浅香は指定された場所に到着すると、大荷物と共に一人でそこに降り立った。

「くれぐれも無茶はするなよ。黒河はああ言ったが、どんな善人だって、思いつめれば何をするかわからない。お前がそこまで甘くないってことはわかっているが…」

「大丈夫だって。白石先輩は必ず俺が守るから」

ジャガーのコンパーチブルから身を乗り出す聖人に見送られ、浅香は笑顔で答える。

「馬鹿。朱音のことじゃねぇよ。俺が心配してるのは、お前のことだ」

「え？」

「俺にとって大事なのは、お前だけだ。そのことを、忘れるな」

「…っ」

どこで栗原が見ているかわからない。だからキスの一つもできないが、こんな時でも聖人は自分の本心は偽らなかった。

「この件が落ち着いたら、指輪…買ってやるから」

「は？」

だが、浅香はまるきり違う話をされて、笑顔が固まった。

「黒河に言われた時は、何の冗談かと思ったが…。預かったのを眺めているお前を見たら、なんか…、拘束してやりたくなった」

「キヨト…」

普段はキリリとした浅香の顔が、少しばかり緩んでくる。

「だから、無茶だけはするなよ」

「ん。わかった。じゃあ、もう…時間だから」

とはいえ、浅香を送ってきた車が完全に姿を消さなければ、栗原は現れない。

「ああ。それじゃあな」

「ありがとう」

心配する聖人には申し訳ないと思いつつ、浅香はすぐにその場から走り去ってもらった。

『指輪…、買ってやるからだって。さては、白石先輩の根回しだな。でも、どうせ買ってもらうなら、医学大全集とかのが、嬉しいんだけど。もしくは、人体標本とか骨格模型とか。あ、置き場ないか、独身寮じゃ』

緩みそうな緊張を引き締め直すつもりで、現実的なことも考えた。

そうして一時間もした頃だろうか？　イライラもピークに達した浅香のもとに、栗原は現れた。

『それにしても、遅い――――』

「――――あんたが東都医大の浅香さんか？」

「そうだ」

「なら、こっちへ来い。妙な行動を取れば…」

「そんなことはしないから、早く俺を白石さんのところへ連れて行け――――っ」

人目を忍んで手首と荷物に、それこそ、今から海外旅行へ行くのかと思うほど大きなトランクと浅香を繋ぐように、手錠《てじょう》をかけられた。

『どんなプレイだって？』

逃げるつもりも、刃向かうつもりもまったくない。が、こういう扱いをされると、何かしてやりたいという気分になる。

自分がこれでは、白石はいったい？　そんな、不安ばかりが、浅香に込み上げる。

「乗れ」

そうこうしている間に、浅香は栗原に連れられるまま、サービスエリアの端に停められていたキャンピングカーへと案内された。

大荷物を抱えながらも、乗車。どうにかベッドに横たわる白石の姿を、その目で確かめることができた。

「白石先輩！　無事ですか？」

「純くん…！」

ぐったりと身を横たえていた白石が、浅香の姿を見るなり、身体を起こそうとした。

「っ、すっかり顔色が悪くなって。よほど辛《つら》かったんですね。今はどうですか？」

浅香は、荷物とは繋がっていない右手で、白石の身体に手を伸ばす。

「ううん。俺は大丈夫。それより療治は？　直輝くんは？」

「黒河先生は、全力で直輝くんの治療にあたってます。なので、もう少しの辛抱だからと、言付かりました。あと、これを…」

が、何よりこれが先だろうと思い出すと、浅香は黒河から預かってきたシガレットケースを上着のポケットから差し出した。片手作業で開いてみせると、中に入っていたリングを見せるように、白石の顔の前へとケースを持っていった。

「っ…、俺の」

ケースの中を見るなり、白石は長い睫を震わせた。

今すぐ手を伸ばしたいだろうに、白石の両手は後ろに回されたまま、手錠が嵌められている。

浅香が来ることで、栗原が警戒を強めたのだろうが、そのためか白石の白い手首には、赤い痕がつき始めていた。

「先輩…っ、俺でよければ、嵌めますから。待っててください」

浅香はベッドの上にシガレットケースを置くと、中からリングを摘んで、後ろ手に拘束された白石の左手に向けた。ほっそりとした薬指に差し込むと、元の場所へ戻してやった。

「――――…っ、ありがとう」

ホッとしたのか、白石の睫がわずかに濡れた。

『突然拉致《らち》されてから丸二日――――。一日千秋の思いで過ごしたのは、白石先輩のほうだ。こんなにげっそりして。先週会った時とは、比べものにならない』

浅香は我慢に限界がくると、自分と共に乗車し、キッチンの前に立っていた栗原のほうへ振り返る。

「栗原さん。逃げも隠れもしません。白石さんと私のこの拘束を、どうか解いてください」

「できるわけがないだろう。どこの世界に人質を自由にする犯人がいるんだ」

「なら、直輝くんや奥さんが同じ目に遭ってもいいんですね」

柳眉を吊り上げ、言い捨てる。

「なんだと!?」

「黒河先生は、本当なら憎んでも憎みきれないだろう栗原さんの奥さんにも、直輝くんにも、こんなひどい仕打ちはしてませんよ。これが人質の取り合いだというなら、二人を取っている黒河先生のほうが有利だ。でも、先生は精一杯医師として対応してます。ここにいるあなたのことまでちゃんと考えて、俺に詳しい経過を説明するようにって、カルテの写しも持たせました。おまけに、これが犯罪にならないための最善の努力まで、目いっぱいなさっていますからね！」

「――――っ」

浅香の罵声を受けた栗原の顔に、戸惑いが表れた。

「あなたには想像もつかないでしょうが、こんな状況の中で、例のない手術をさせられる執刀医の気持ちがどんなものだか、わかりますか？　黒河先生が、なんでそれでも執刀するのか、わかりますか？」

白石は、やりきれない怒りに身を任せた浅香の言葉に、胸が詰まる。今の黒河の立場や心境を思うと、それだけで切なさばかりが増してくる。濡れた睫が、なお濡れる。

「直輝くんが、可哀想だからじゃない。あなた方夫婦が、気の毒だからじゃない。ただ、白石さんが大事だからです。白石さんを人質にしているあなたに、少しでも白石さんを大事にしてほしいから、あなたの家族を大事にしてるんです」

だが、浅香はそれでも栗原に怒りをぶつけ続けた。

これを言えば白石も傷つくかもしれない。自分を責めてしまうかもしれないが、それでも黙っていられなくて、言わずにはいられなくて――。浅香は、栗原が見落としている、いや、考えることさえしていない実情を、医大の医師として口にした。

「少しは、黒河先生の気持ちに、応えてください。こう言ってはなんですが、あなたがNASCITAや白石さんにどれほど恨みがあったとしても、本来なら黒河先生には何一つ関係ないんですよ。ましてや、黒河先生の患者には、まったく関係はない。その家族にだって、何一つ関係がないんですよ!」

一人の医療人として、患者が直輝だけではないことを、思い出させた。

「なのに、今回あなたたちがしたことで、黒河先生の治療が受けられなくなった人が、たくさんいる。縋るような思いで東都にたどり着いたのに、主治医を変えられた患者だっている。中には、直輝くんのように小さい子だっているし、突然執刀医が代わったことで不安がり、高熱を出した患者だっている! そのことが、命取りになりかねない患者だって出ているってことを、このさいだから知っておいてください!!」

「…っ」

そう、黒河が直輝にかかりきりになるということは、黒河だけが負うリスクではなかった。

黒河だから安心していた。黒河だから任せていたという患者にとって、突然離れられることは、精神的な打撃が大きい。

もちろん、医師にだって何が起こるかはわからない。患者に特定の医師にばかり依存させることは、病院側としては望ましくない。が、それでも現実は変わらない。浅香がぶつけた悲憤が、変更を余儀なくされた患者やその家族たちのものであることは否めない。

「あなたたちは、自分たちのために、知らないところで他人を犠牲にしているんです。あなたたちのような家族を、とても不安にさせてるんです。そのことだけは、決して忘れないでください。医師も病院もたった一人の患者のためにあるわけじゃない。たった一つの家族のために、存在してるわけじゃない。他の患者だって、大事なんです。誰もが尊い命の持ち主なんですから！」

白石は、浅香の言葉に呆然《ぼうぜん》とする栗原を見ると、黙って奥歯を嚙みしめた。

『療治…、ごめんね療治』

たった今、この瞬間も、黒河や院内の者たちがどんな気持ちでいるのかと思うと、申し訳なさでいっぱいになった。

一方、その日の夜――――。

輝美の決断から、手術費を極秘のオペ・ライブで叩き出す。特定の医療関係者を相手に、公開手術をすることで金を取る。という、とんでもない手段に出た黒河と和泉は、その準備段階で待ったをかけられ、暗礁に乗り上げていた。

「副院長!! あなたが傍にいながら、これはどういうことですか!!」

例のない危険な手術。しかも、それがライブで行われると知り、止めに入ったのは東都医大内に設置されている倫理《りんり》委員会、移植適応評価委員会の幹部たちだった。両委員会の代表は、手術の準備にあたっていた外科部を訪れると、即座に手術の中止を要求したのだ。

「――――…根回し、しなかったのかよ」

普段は見慣れぬスーツの男たち四人に怒鳴り込まれ、外科部内は騒然となった。

「すまない。忘れていた」

黒河が思わずぼやき、和泉が苦笑しようものなら、男たちは怒りも露に声を荒らげた。

「忘れていた⁉　今、忘れていたって言いましたか⁉　私たちの存在を‼　倫理委員会、移植適応評価委員会の存在を、副院長ともあろう、お方が‼　倫理委員会のメンバーのお一人でもある、和泉真理名誉会員が‼」

「まったく、話になりませんね。とにかく、こんな手術を、認めるわけにはいきません。今すぐ準備を中止してください！」

とはいえ、これは根回しを忘れた和泉の痛恨《つうこん》のミスではあったが、それとは別に、あって当然の横槍《よこやり》だった。

未知の世界の何かをする。それが人の生死にかかわることであるなら、たった一人の医師の判断に任せるわけにはいかない。委ねるわけにはいかないのが、東都というところなのだ。

なぜなら、勤める医師の責任は、イコール医大の責任になる。

人として、医療に携《たずさ》わる者として、その判断が正しいものなのかどうか、また偏《かたよ》った思想のもとに進められていないかを第三者が判断することは、患者家族のためだけではなく、勤める医師や病院そのものを守ることになる。

人が人であるがゆえの過《あやま》ちを極力避けるために、このような検討委員会が存在しているのだから、ここを丸無視されては意味がない。なんの報告もなく、検討もないまま、例のない手術をするなどということを認めては、今後の体制維持にもかかわる一大事なのだ。

「中止はできない。やめるわけにはいかない」

「黒河先生！」

もちろん、これは検討する猶予《ゆうよ》がある、時間がある患者の場合に限ったことで、どんなにこのような委員会が存在していたとしても、急患で一分一秒を争うような場合であれば、現場と患者の家族に判断は任される。そのために黒河は、日本国内では認められていない治療を海外でしてきた患者の対応、特殊な治験患者の処置なら、これまでにもなんの問題もなくやってきた。

「そっちに話を回さなかったのは、俺たちのミスだ。だが、これから報告をして、あんたたちの長々とかかる検討結果を待っている時間はない。患者はいつ容体が急変してもおかしくない状態だ。だが、そうなってからでは、手術に踏み切るリスクが高くなるだけで、今より手に負えなくなる。そうでなくとも難しい状況なんだから、これ以上難しくしてどうするんです」

しかし、今回のように、どれほど早期の移植が求められる場合であっても、検討する余地のある場合。それが例のない手術の場合。何より、生体移植のような、患者以外の人間の手術をも必要とする場合は、避けては通れないのが通常だ。

「だとしても、この医大は君一人の病院ではないし、その患者一人のための病院でもない!!」

「っ！」

それをライブで行うとなれば、血相を変えて駆け込むぐらいは、むしろ当然のことなのだ。

「和泉副院長がおられるところで、こんな話は今更だろうが…。こんなこと強行されて、万が一にも失敗したら、君はどう責任を取るんだ!? 病院はどうなるんだ!? 君自身がリスクを覚悟しているような手術なら、なおのこと。誰もが、これなら仕方がないという納得の上で、責任を分け合う覚悟が、あって当然のことだろう!! 大体いくら患者が希望したからって、臓器移植は君の専門外じゃないか！ たとえ奥平先生がフォローするにしたって、論外な手術だろう！」

ただ、それはわかっている。黒河だって和泉だって、ここにいるものなら、全員が納得しているのだが――――、それでも今夜の黒河は、我慢ができなかった。

「だったら成功の見込みがある手術しかするなっていうのかよ!? そんな馬鹿な話が、どこにある!! あるわけないだろう。100パーセント成功が約束された手術なんかどこにもない。どこで何が起こるかわからないのは、どんな手術でも同じことだ！ 大体俺には専門がないんだから、専門外もないんだよ！」

委員会の者たち相手に、反発することしかできなかった。

「わからない奴だな、君も!! 君たちを守るためにも、我々がいるんだって、これほど言ってるのに!! 患者思いは認めるが、君は一人で走りすぎだ！ そんなにやりたければ、他でやれ！ 東都は君とは心中できない!!」

どんなに患者の容体の説明ができても、白石が人質に取られているなどということは、説明ができない。今以上、このことを誰かに知られることができないがために、黒河の苛立ちはピークに達した。

「っ――――っ、ああ。ならそうするよ!!　もう、たくさんだ。誰がお前らの給料のために、こんなところで働くか！　俺たちのため俺たちのためって偉そうに言うが、病院は患者のためにあんだろうがよ!!　失敗した時の世間体なんか気にする前に、患者の状態を確認しろよ！　こんなところで、グダグダぬかしてる暇があるなら、ひと言でもいい。今すぐ検討するから一時間待てぐらいのことを、先に言ってみろってんだ！」

そして、とうとう白衣を脱いだ。

「黒河先生！」

「黒河っ」

慌てる他の外科医たちを他所《よそ》に、脱いだ白衣を近くにあったデスクへと放り投げた。

「お前らな、一度でも患者と心中する気で、病巣に向かったことがあんのかよ！　自分より患者が可愛いって気持ちで、接したことがあんのかよ!!　俺はな、患者と心中はしても、病院なんかと心中する気は、はなからねぇぞ。たとえ、白衣や看板なんかなくても、病人や怪我人がいれば、全力を尽くす。ただ、それだけだ!!」

「っ!!」

そうして身を翻《ひるがえ》すと、黒河は自分の机に向かい、置かれた電話の受話器を取り上げた。

力任せに外線を繋ぐと、手際よく電話をかけていく。

「――あ、もしもし。俺だ。急で悪いが、病院を辞めることになった。栗原のガキの手術をやる場所と道具、NASCITAのほうで用意してくれないか？」

「くっ、黒河っ!!」

「黒河先生!!」

会話の内容に、池田や清水谷が悲鳴を上げる。

「もちろん、スタッフや他は俺が揃える。何、金なんかもらわなくったって、付き合う奴はいくらでもいる。たとえ職場を辞めることになったって、屁とも思わない東都卒の自称・白石朱音信者は、いくらだっているからな」

委員会の男たちも蒼白《そうはく》になっているが、黒河は一向に気にしない。

「あ？　医師免許剝奪《はくだつ》？　上等じゃねぇか。こちとら、んな脅しにびびるような、神経は持ち合わせてねぇよ。だから言ってんだ。場所と道具を用意しろ。責任は全部俺が取る。法に触れようが、獄中に行く羽目になろうが、最後は全部まとめて、この俺が責任を取る!!」

それどころか、いつにもまして愉《たの》しそうだ。

「――は？　一人でイイカッコしすぎる？　お前も意外に物好きだな。なら、責任は俺とお前で取るってことで。じゃあ、頼むからな、鷹栖専務さんよ」

「たっ、鷹栖…!?　野上くんじゃないのか？　今の電話は」

しかも、一通り話をつけた黒河が受話器を置くと、和泉は相手に驚き、確認した。

「こういう過激な相談をするなら、過激な奴に限るからな。やっぱり話が早かったぜ」

「黒河っ…っ」

これではもう、後戻りが利かない――――。そう思ったのか、和泉は思わず額に手をやった。

「さて、場所と道具は確保した。おそらく、国内のどんな医大より設備の整った設備が確保できる。あとは、東都製薬にいる同期の重役でも懐柔して、同じく全国から腕のいい医療スタッフを揃えれば、完璧《かんぺき》だ。こういう時って、横繋がりだけで全部揃うって、楽でいいよな。偉大な東都グループに大感謝だ」

「黒河先生っ!!」

だが、この場で黒河が発した妙なオーラと高揚感は、室内そのものに多大な影響を与えていた。

「ってことで、和泉。悪いがライブの必要はなくなった。個人で勝手をやる分には、全員ただ働きで、ＯＫだ。それこそ観客なんか取ったら、犯罪になるからな」

「――――っ、待ってください、黒河先生!!　その電話、どこにかけるか知りませんが、先に俺をスタッフに入れてください」

それがいいのか悪いのか、最初にそれに感化されただろう清水谷は、再び受話器を上げようとした黒河に、自ら待ったをかけた。

「清水谷?」

「俺はまだまだヒヨッコですが、先生の邪魔はしません。もう、この白衣にも、拘束は受けません。お願いです、黒河先生。俺を…、俺を助手に使ってください!!」

そうして黒河同様白衣を脱ぐと、それを退職届の代わりに黒河へと差し出した。

「っ…ま、お前なら失業しても、旦那が食わしてくれるから、安心か。よし、来い」

「はい!!」

しょうがねぇな…と笑いつつ、黒河は清水谷から白衣を受け取った。が、こうなると、収拾がつかなくなるのが、この外科部。いや、この東都。今日に限って外科部に居合わせた内科医・聖人は、清水谷のあとに続くように白衣を脱ぐと、黒河の傍へと歩み寄った。

「――――なら、チーム黒河のスーパー・オペ看は、この俺が務めてやるか。生憎浅香は朱音のところだ。それに、たとえ専門外の消化器でも、術例だけならお前よりも数倍も見てきている。いい、相談役になると思うぜ」

「キヨト…」

「何、首になったところで、一生食うに困らない財産はある。多分、お前の面倒まで、見られるぐらいのな♡」

「――――…、そらいい保険だ。なら、フォローを頼む」

「ああ」

二着目の白衣を黒河に託し、和泉や委員会の男たちに笑ってみせた。

「とすると、あとは腎肝臓の移植専門医と麻酔医、工学士…小児科医もいるか？　っ…!?」

しかも、残りのメンバーを探す黒河の前に白衣を突きつけたのは、二人だけに留まらず…。

「まさか、同じ院内にいる私を無視して、他所の医師に声をかけようっていうんじゃないだろうね、黒河先生」

「奥平先生」

消化器外科の腎臓・肝臓の移植専門医、和泉と同期の奥平は、その笑顔で黒河を唖然とさせた。

「そうですよ。それに、直輝くんは黒河先生だけの患者じゃない。すでに私の患者でもありますからね」

「山岸先生」

小児科医の若手ホープ、山岸もまた、それに並んだ。

「そうそう。私も、今後の生活の保障や職場もいらないよ。私の報酬は、ただ一つ。君との執刀。それだけでいい」

「――――奥平先生？　それって…？」

さすがに感情的になっていた黒河も、冷静さを取り戻してくる。

「なんせ、ここでは一生、患者を挟んで君と向き合うことはないと思っていた。神の手、死神の目――――、私はそれを直に見たい。君と呼吸を共にし、鼓動を共にし、全力で困難な病巣に向かってみたい。ただ、それだけだ」

「私もです！」

両手に白衣が積まれるたびに、心のどこかで「これはマズイんじゃ!?」と、囁く自分が現れる。

「黒河先生。こんな熱いライブショーから俺を外したら、一生恨みますからね」

「先生の執刀にすべての標準を合わせられるのは、常にお供している俺たちだけでしょう」

なのに、そんな黒河を追いかける者は跡を絶たず、普段から共に手術室にいる麻酔医や臨床工学士までもが、次々と白衣を脱いだ。

「馬鹿言うな。お前ら全員失業するぞ」

冗談じゃないと、白衣を押し返すその手に、無理やり押しつけられていく。

「かもしれませんね。でも、でっかい退職金はもらっていきますから」

「黒河療治の道連《づ》れなら、これはこれで男の花道ですよ。我が人生に悔いなし！　なんなら檻《おり》の中までお供しますよ。先生の決断がなければ、直輝くんには未来がない。こんなに確かなことはないのに、倫理もへったくれもないでしょう!!」

しかも、脱げる白衣がなかったためか、直輝の担当ナースたちは、自らキャップを取った。

「先生、私も」

「私たちも、お供させてください」

「ふざけるな！　お前らの責任なんか取れねぇよ。職場結婚が口癖の奴らが、玉の輿を逃すつもりか!?」

こうなると、緊張しきっていたはずの室内には、どこからともなくクスッと笑い声が響く。

「失礼ですよ、黒河先生。私たちの美貌なら、職場に関係なく、どこでも玉の輿に乗れますから」

「そうそう。それに、こんなすごい手術のスタッフだったって実績があれば、それだけで個人病院の御曹司《おんぞうし》だって、軽く捕まえられます。ただし、私たち目が肥《こ》えちゃってるんで、そうそうのことでは落ちませんけど♡」

和泉はこの様子を、ただ黙って見ている。

「それに、もっと冷静になって、術後のことまで考えてください。患者に必要なのは、優れた環境や医師だけではないんです。私たちみたいな、看護師は必要なはずでしょう」

「そうですよ。患者はまだまだ小さいお子さん。ドナーはお母さんです。すべてを男性に任せるっていうのは、精神的に無理があります。特にお母さんにとっては、同じ女性のほうが、何かと都合のいいこともありますから。患者に最善の治療をするためです。女性スタッフは不可欠です」

結局黒河は、白衣の上にナースキャップまで置かれて、万歳《ばんざい》もできない状態にされた。

「…っ。わかった。そう言われたら、そうだなとしか言いようがない。なら、頼む」

「はい」

「喜んで！」

気持ちは嬉しいが、どこかで思う。

『俺は、こいつらに何かしたか？』

すべてが善意に取れず、疑心暗鬼《ぎしんあんき》になってくる。

「――…、はーあ。手術の予定さえ、入ってなきゃ、俺もな〜」

それにもかかわらず、トドメとばかりに両手の塞がった黒河の肩を、池田が抱いた。

それこそ黒河が「冗談じゃねぇ」と叫びそうな台詞を、真顔で呟いた。

「予定以前の問題よ。あんたは外科でも呼吸器系、私は胸部心臓。共に腎・肝臓は専門外！　なんでもやる黒河や清水谷とは、こういう時には肩を並べられないのよ。私たちにできることっていったら、この退職のために、黒河や奥平先生が執刀できなくなった、ここの患者の予定を円満に片付けること。今こそ外科部の医師が一丸《いちがん》となって、患者やその家族を説得して、何事もなかったように終わらせることだけよ」

しかし、彼らの意思がすべて本気であることは、同僚の美人外科医、渡紋子《わたりあやこ》によって証明された。

「紋子…」

池田は渋々ながらも、黒河の肩に回した腕を外した。

「でも、それは私たちにしか、できないこと。特に黒河に心置きなく執刀してもらうためには、絶対不可欠なことよ。ね、黒河♡」

「――――恩に着る、紋子。池田、悪いが頼むぞ」

黒河は、両手に預かった白衣の重さに、開き直るしか術がないことを悟る。

「ちっ。最近こんなんばっかだぜ」

「仕方ないでしょ。きっとあんたの見せ場は、黒河の代わりに白石さんの執刀に立ったところが、ピークだったのよ」

「ふんっ。この年で下り坂かよ」

「拗ねないの。目立ちたかったら可愛い恋人でもつくってみたら？　ただし、ここで目立つには、男子校出のマドンナでもゲットしないと無理だから――――、あ。いっそ東都の現役マドンナにアタックしてみるとかってどお？　新しい伝説、つくれるわよ♡」

ここで思いとどまってくれている。自分の尻拭いをあえて選択してくれている紋子や池田の気持ちが痛いほど伝わってくるだけに、黒河は〝その気持ちの分まで、最善を尽くさなければ〟と両手で白衣を握りしめる。

「勘弁してくれ…。誰がこの年になって、大学生や高校生に目が行くか。しかも、男…。だったら、近場のお局《つぼね》さんにでも、手を出すよ。ここには優秀すぎて、行き遅れてる美女はいっぱいいるからな」

「行き遅れだけ余計よ！」

成し遂げなければ、意味がない。

是が非でも手術を成功させなければ、彼らの好意がすべて〝わがまま〟になりかねない。

「ふっ。仲がいいんだか、悪いんだか。──ま、なんにしても即席とはいえ、最高のチームができたわけだ。この白衣は、辞表代わりだ。あとは勝手にやるからな！」

黒河は、腹を据えると、自分が脱いだ白衣とまとめて、八人分のそれを委員会の一人に手渡した。

「黒河くん!!」

男は悲痛な声で、背を向けた黒河の名を呼んだ。

「待て、黒河」

その声に動かされてか、和泉が黒河の腕を摑む。

白衣を抱えた男は、救いを求めるように和泉を見る。

「今更止めんなよ。もう、俺に白衣の禁令はきかねぇぞ。切るのは身内じゃない。朱音じゃねぇからな」

「誰がそんなことを言った」

だが、ここで黒河を止めてくれるのかと思いきや、和泉は自らも白衣を脱いだ。

「――っ、本気かよ⁉」

委員会の男たちは、白衣を押しつけあいながら、どうするんだ‼　と目配せしあってどこかに救いを求めている。

「いいも悪いもない。このライブのマネージメントを預かったのは、この私だ。最後まで付き合うだけだ。それに、今更観る気満々になっている客たちに、中止になりましたとも言えないし、患者の快復までには金がかかる。ここだけは、ただ働きでいいという考えだけでは、賄《まかな》えないからな」

「――っ、そうか。でも、いくらなんでも、クビになるぞ。運が悪けりゃ、檻の中だ」

「見くびるな。私が命を助けた患者は、法曹界《ほうそうかい》にだっていくらでもいる。誰がむざむざ檻の中になんか入るものか。どんな裁判になろうが、正々堂々と勝ってやる。人の命の上を行く倫理など、私は認めない。いっそこの機に法律を変えてやる。だから、問題はクビだけだ」

引っ込みがつかないのは、お互い様。けれど、ここまで和泉に開き直られては、今からでも引っ込みたいのは、委員会の男たちのほうだ。

『言いきりやがったよ。この汚職医師が！』

「でもま、そうしたら、この場で退職したお前ら全員と、希望者をここから引き抜き、個人病院でも始めるだけだからな。そのほうが、今より確実に儲けられる。なんせ、私が経営して、お前が切るんだ。全国的に顔の売れた、お前がな」

こうなったら、和泉が白衣を手放す前に、どうにかしよう。男たちの一人は、暗黙のうちに白衣を抱えたまま、和泉のほうへと歩み寄った。

「名医のくせして、んとに、悪徳商人だな」

「私も東都の出だからな」

しかし、それが悪かったのか、男は和泉に脱いだ白衣を押しつけられた。

『――――なんで副院長まで!!』

とうとう副院長の白衣、辞表を渡され、男は一瞬眩暈《めまい》を起こした。

「やな、学校だ」

黒河が話を締めると、どこからともなく笑いが漏れる。

「っ…っ、あなたたちって人は…っ」

「委員長、どうするんですか!?」

男たちには、もはや飛び込んできた時の元気はどこにもない。が、そんな彼らを救ったのは、入り口に佇《たたず》んだまま様子を窺っていた一人の老紳士。

「――――そのあたりで、折れたらどうだい。これだけの人材に辞められてしまったら、困るのは、病院ではない。罪もない患者だよ」

「院長!!」

「っ、和泉院長先生！」

現役時代はそれこそ「神」と呼ばれた外科医、東都医大の院長・和泉正志だった。

「この手術とライブに関しては、私もすでに了解をした。君たちの双方の委員会に話を通しそびれてしまったのは、私の責任でもある。だからこの通り――――。私がこの子たちの代表として、謝罪する。だから、どうか許してやってくれ」

和泉院長は、白衣を脱いだ者たちに代わって、頭を下げた。

「院長!!」

「やめてくださいよ！　そんな…院長!!」

「わかりました。わかりましたから、我々も納得します。院長がすでに確認をしたという手術やライブだというなら、これ以上は何も申しません!!」

その姿に慌てた委員会の者たちは、改めて出された結論に、

『助かった』

そう思いつつ、一度背筋をピンと伸ばした。

「――――ただし!!　今後いっさい我々を無視することは許さない。報告し忘れたなどという失態は、たとえ誰であろうが許さないから、そのつもりでいろよ！」

手渡された白衣やキャップを黒河へと押しつけ返すと、ここが退却時とばかりに、委員会の者たちは部屋から立ち去った。

「ったく、これだから、学生気分が抜けないまま、勤めてる奴らは嫌なんだっ」

「そうは言っても、委員長も東都大学の出じゃないですか」

「だから、嫌なんだ!! あのノリには、昔から苦労してるんだ。言わせるな、こんなこと!!」

「……………失礼しました」

廊下で憤慨を口にしつつも、その気配はすぐになくなった。

「…っ、なんだよ、せっかく盛り上がったのに。鷹栖になんて言うんだよ、軟弱《なんじゃく》な奴らだな」

手元に戻った白衣を抱え、黒河は愚痴る。

「黒河くん、少しは君も反省したまえ！ 彼らは今でこそ現場からは退《しりぞ》いているが、君の大先輩たちだ。患者と心中する勢いの医師こそ、何かが起こった時に、もっとも世間から叩かれる。それまでの功績さえ踏みにじられて、辛い思いをする。そういう痛ましい例をいくつも見てきたからこそ、君たちにストップをかける側に、あえて回っていったんだ。君たちの医師としての精神が尊く、また愛しいからこそ、それを守りたいという願いから、時にはああした強行な態度にだって出ているんだからね。それを蔑《ないがし》ろにするようなことは、たとえ君でも許さないよ！」

だが、さすがそれは院長自らの叱咤を招いた。

「―――――はいっ」

「なぁ、黒河くん。医師は患者のためにだけ勤めればいい。だが、病院そのものは、そこに勤める者たちをも守らなければ、患者にとっていい環境は与えられない。いい治療の場は与えられないものだ。これは理屈や倫理の問題じゃあない。哀《かな》しいことだが、現実問題だ。だから、それを守ろうとする者たちがいる。そのことだけは、決して忘れないでほしい」

「すいませんでした。申し訳ありません」

黒河は返す言葉もないまま、頭を下げる。

『甘えすぎたか…』

ふいに白樺医大の岡谷とのやり取りを思い起こし、自分がどれほど周囲に守られながら執刀しているのか、患者に向かっているのかを、意識し直した。

「なら、これは私が改めて…」

と、そんな黒河に和泉院長は、両手を差し出すと、白衣やキャップを手に取った。

名札を見ながら黒河へ返すと、次には和泉の白衣を手にして、息子の胸元へと叩きつけた。

「真理！　お前もだ。いい年をして、何をしてるんだ。大体お前なら、委員会の彼らが、途中から引っ込みがつかなくなっていたことぐらい、わかっていただろう？　奥平くんにまで白衣を脱がれた段階で、お前に助けを求めて目配せをしていたっていうのに、ここぞとばかりに虐めおって！　大人気《おとなげ》ないのも大概にしろ。兄弟揃ってこれでは、私がいい笑いものだ。ほら！　これは返すぞ!!　こんな形では、二度と脱ぐな！　脱いだら勘当、財産没収だからな！」

「――――…っ」

「聖人もだ。こんなんでは、安心してあの世にも逝けんぞ。大体、四人も息子がいるのに、一人として孫の顔も見せないで、男の嫁ばっかり増やしやがって。何やってるんだ!?」

「すみません。でも、それとこれとは、まったく関係ないかと…」

「ふんっ!!」

そうして息子二人にも私情の絡んだ叱咤を飛ばすと、あとは残りの白衣とキャップも、自ら配っていった。

「奥平くん、山岸くん。さ、君たちも」

「申し訳ありません。私も大人気ないことを…」

「すみませんでした!! 言葉もありません」

さすがに他の医師たちにまで叱咤はしなかった。

「――君らは私の誇りだよ。だが、委員会の彼らもまた私の誇りだ。しかし、どちらが欠けても、患者にベストは尽くせない。そのことを、どうか忘れないでおくれ」

けれど、これなら自分たちも院長に、名指しで怒られたかった。奥平も山岸もそう思った。

「はい」

「すみませんでした」

残された者たちも、まったく同じことを思った。

けれど、これが東都大学医学部付属病院。

勤める者の眼差しには、誰の目にも少年少女の時代のきらめきが残っている。どんな職場で、どんな職種に就いていたとしても、決して損なうことがない情熱が息づいていた。

＊＊＊

思いがけない騒動は起こったものの、国内では術例のない、一人のドナーからの生体腎肝同時移植は、東都医大の中で正式に行われることになった。

患者の直輝とドナーである輝美の健康状態を管理し、また術後のことまで考慮した結果、手術はその週の土曜日。通常の外来が休みとなっている、もっとも静寂《せいじゃく》な午後から深夜にかけて行われることになった。

そうして黒河を筆頭とする移植のオペチームは、綿密な打ち合わせを繰り返したあとに、手術開始時間の午後三時を迎えた。

「それでは、生体腎肝同時移植の手術を開始する。予定時間は十二時間。だが、延長されることは十分考えられるので、最後まで気力の途切れることがないよう、頼む」

「はい!!」

患者とドナーが二人並んだ状態での手術とあって、直輝の執刀医には黒河。ドナーである輝美のほうには、ベテラン医師の奥平がついた。

「メス――――」

そしてその様子は、すべての角度から捉《とら》えることができるよう設置された十台のカメラが随時撮影。普段ならば院内の者と家族以外が見ることは希少であろうオペの全容を、院内の講堂に設けられた特設ライブ会場にて、巨大スクリーンで上映。和泉率《ひき》いる各部門の専門医の解説によって、ライブは行われていった。

「オペが開始されました。さて、本日お集まりの皆様のお手元には、すでにこのたびの手術に関する資料を配布させていただきました。患者のこれまでの経過、そして現在の状態、またドナーの健康状態等を詳しく明記しておりますので、お手すきのさいにでもご確認になりながら、進行を見守っていただければと思います」

長時間の手術時間が予定されているために、百席あまりが用意された会場内には、自由に飲食が可能な休息所が設けられていた。また、ギャラリーには年配者が多いため、場合によっては仮眠も取れるよう病室の空き部屋まで用意され、担当医と看護師までスタンバイという至《いた》れり尽《つ》くせりの状態だ。

「うわっ。思いきり医学会の重鎮《じゅうちん》たちじゃないかよ。いいのかよ、本来なら止める立場の奴らが、こんなライブを見に来てて。しかも、身銭《みぜに》まで切って」

そんな中、仕事の隙をぬって様子を窺いに来た池田は、客席の顔ぶれに唖然としていた。

「それを言うなら、さすがは和泉のお声がかりよ。近場の医大のお偉いさんも山ほどいるけど、ほとんどが東都大学の出身者よ。これらならどんなにヤバイ内容のオペでも、黙殺よ。恥ずかしげもなく〝チャリティーライブ〟なんて看板を掲《かか》げても、誰も文句は言わないはずよ。しかも、たった今入った極秘情報によると臓器移植の奥平先生、ああ見えて東都医学部に在学時代は、マドンナだったらしいわよ。いったいどれだけ前なのかはわからないけど、これで花束持参で現れたギャラリーがいたって謎《なぞ》が解けたわ。あの、最前列で食い入るように執刀医ばっかり見てる連中って、奥平先生の信者なのよ。東都名物、マドンナの信者とかってやつ！」

「――――…っ、名物…ね。いつからそうなったんだか」

だが、紋子の持ってきた情報のすごさには、唖然とするのを通り越して呆然となった。

「本当、おそるべし東都!! 七割がホモ伝説は伊達じゃないわよね。この分じゃ、どんなにここに美人の女医やナースがいたって、行き遅れるのが目に見えてるわ」

「いや、それでも残りの三割は、普通人だから。行き遅れてんのは、本人のせいだろう？」

口は災いの元――――そう知りながらも、つい、疲れからか池田は口走ってしまった。

「なんですって!?」

「あ！ 腎臓取り出したぞ！ ほら、見ろよ」

「ごまかすんじゃないわよ。何が腎臓よ、その舌引っこ抜いてやろうかしら」

しかし、二人がそんなやり取りをしている間も、黒河たちは小さな命のために、奮闘していた。

オペ室にいるすべての者が、またそれに携わるすべての者たちが、成功の二文字を祈りながらも、全力を尽くしていた。

「っと、池田！ 見て」

しかし、黒河たちが誰よりも、ここに来ることを求めていたのは、たった今会場に到着した者たちで…。

「白石さん。浅香…、それに…直輝の親父？」

捕らわれた白石に、自ら飛び込んだ浅香、そして栗原自身だった。

「はい。やっと、ここまで来てくれました。説得するのに、かなりかかりましたけど…。やっぱりライブ中継を、これに転送してもらっていたら、いてもたってもいられなくなったみたいで」

浅香は池田たちに向けて、テレビ電話機能が搭載された、携帯電話を見せた。

「そう。なら、ここじゃなくて、別室に」

紋子はすぐさま反応すると、彼らを別室へと案内しようとした。

「いや、俺はここで直輝と輝美を見届けます」

「栗原さん、ご家族用のモニタールームは、すでに用意してあります。黒河先生の指示で、必ずあなたはここに来るから、白石さんと浅香を連れて、ちゃんと手術を見届けに来るからと言いつけられていたので――――。ですから、ね」

入り口から見えるスクリーンを覗く栗原に、何事もなかったような笑みを零す。だが、そのことが、やっとの思いで立っていた栗原の両膝を折らせた。

「――――…っ、すみません!!」

栗原は白石の足元に土下座をすると、そのまま身を崩し、泣き伏してしまった。

「っ…っ、俺は…っ、俺たちは――――っ、っっっ!!」

「栗原係長。今は、先に部屋へ」

白石は、自らも膝を折ると、栗原の肩に手を置いた。

「すみません、社長っ!! すみません!!」

「いいんだよ。最初に私たち幹部が、きちんとあなたの話を聞いていれば、よかったんだ。そして、黒河先生のような人に相談ができていれば、こういう解決法があったんだ。あなたたち夫婦や、直輝くんが、無駄に苦しむ必要もなかったんだから」

「社長…っ」

「今は、とにかく成功だけを信じて見守ろう。必死に頑張ってる直輝くん、輝美さん、黒河先生たちを…ね」

泣き縋った栗原を一度だけ強く抱きしめると、あとは彼を池田や紋子に任せて、一息ついた。

「白石先輩、こちらへ」

すると、そんな白石を浅香が、別の場所へと誘導した。

「――――え？」

「こっちの見学室から、手術室に声がかけられます。なので、黒河先生に…」

手術室が一望可能な見学室に白石を案内すると、中に通じるマイクをセットする。

「それは、駄目。それは、手術が終わってからでいい。療治は、今は黒河先生だから」

だが、白石はそれを断った。

「先輩？」

「それに、療治はちゃんと栗原さんのことを、信じてたでしょ？　だったら、こうなることはわかってる。だから、大丈夫。声をかけるのは、すべてが終わってからでいい。成功…してからでいい。それに、俺には俺でやることがある。すぐに本社に連絡して、まずは野上や鷹栖たちを安心させて、そして今回のことに関しての報告と、今後の対策を練るという役割があるから」

万が一にも黒河の気を散らせてはならない。と同時に、自分にもやることがあるのだと浅香に

説明すると、自ら黒河の姿だけを確かめ、何かを確信したように部屋の外へと足を向けた。

「二度と、今回みたいなことがないように。二度と、療治がこんな思いをしないように」

「…白石先輩」


そうして、予定時間を二時間上回った、翌日の午前五時。

十四時間もの執刀の末に、手術は無事成功。ライブ会場をはじめとする院内の至るところで、歓声は上がった。

「――手術は成功した。だが、問題はここからだな」

「はい。奥平先生。これから直輝がどう頑張ってくれるか。母親の臓器がきちんと馴染んでくれるか、合併症をまぬがれるか、片時も目が離せません」

「ここまでやって、駄目だったというのは避けたい。何がなんでも助けよう。まずは私たちが、本当の成功を信じよう」

「ですね」

だが、黒河たちはこの瞬間から、第二の試練に向かうこととなった。

真の成功のために、まだまだ戦い続けることとなった。

エピローグ

白石が待つ自宅にいったん黒河が戻ったのは、直輝と輝美の容態が落ち着き始めた、翌日のことだった。

慌ただしく別れた時から比べて、白石も黒河もすっかりやつれていた。

それは見た目でもわかるが、抱きしめ合えばなおのこと。二人は離れていた時を取り戻すかのように口付け合うと、心身から互いの存在を求め合った。

どちらからともなくベッドへと導きあうと、自分の腕で相手の存在を確かめた。

愛しい者のすべてを、確認した。

「――で、報告ついでに、最後には辞職願かよ。社長を、辞任するのかよ」

そうして納得しあうと、二人は寝物語のように、互いが別々に過ごした時間のことを話して聞かせあった。

「ん。そうはいっても、これから次の社長を選出したり、幹部会や、株主総会にかけて、承認を取ったりって、いろいろあるけど。でも、なんか限界を感じたから。今回のことで、俺は俺のことで精一杯。社員のことまでちゃんと見られる状態じゃない――。そう、わかったから。だから、社長は辞めて、もとの研究員に戻りたいって、申し出たんだ」

「は!?　研究員に戻るだ!?　専業主婦になるんじゃないのかよ!?」

特に白石は、今後についてこうしようと思う、こうすることを決めたということを、黒河の腕の中で話した。

「なるわけないじゃん。だって、せっかくマンデリンの技術者さんたちとも知り合ったし、橘コンツェルンの若社長ともいい関係になれたんだよ。このコネを使わずして、何を使うの？」

「コネって…」

それは黒河を驚かせるばかりの決意だった。

「それに、俺にはまだまだ他にも見届けたい仕事があるし…。だから、今後は俺、NASCITAの相談役兼、機器開発の研究員になることにしたんだ。時間に余裕があるわけじゃないから、申し訳ないけど好きな仕事だけをさせてもらうことにしたんだ」

「———朱音」

「怯えながら死を待つような気分は嫌だから。それさえ忘れてしまうほど、打ち込めるものが欲しいから。だから、俺は療治みたいに現場で頑張る医療関係者のために、そして患者のために、何か役立つものを、この手で残したいんだ。駄目かな？」

おそらく白石が捕らわれていた時間の中で見つけ出した、NASCITAという会社と、社長という職務について、探し続けていた答えだった。

「いや…。お前がそうしたいっていうなら、いいんじゃねぇのか？　それを野上やNASCITAが認めるっていうなら、俺は見守るだけだ」

黒河は、腕を枕にした白石の頭を抱え込むと、白い額に口付けた。

「ありがとう、療治」

「いや、これで秘書がいなくなるなら、俺的には万々歳《ばんばんざい》だからな」

「え？　野上はこれから相談役秘書として、今までどおり勤めるんだけど。それが、社長辞任の条件の一つだったから…」

「――あっそ!!」

何か期待したことは裏切られたが、それでも「まあ、仕方がねぇか」と、内心では諦めた。

「拗ねないでよ。そんな、あからさまに…」

「拗ねてねぇよ」

そんな黒河に、白石は微笑を浮かべた。

「それより、療治。聞いていい？」

「なんだよ」

「今回、時間があったから、いろいろ考えたんだけどさ。もしかして…、療治って昔から俺のこと好きだった？　俺はこういうタイプだから、自分の気持ちにさえ気づいてなかった。けど、療治は違うよね？　きっと、少しぐらいは、俺に恋愛感情ってあったよね」

黒河の胸に頬を寄せると、その心音を確かめながら、気になり続けていたことを、問いかけた。

「キスしたい…とか、最後までしたいとか。もしかして…、思ったこと…あった？　悪戯じゃなくて、心から」

「――ま、な」

すると、答えと同時に、黒河の鼓動が一際高鳴った。

「それってもしかして、学生時代から？　部屋でシーツに包まって、ゴロゴロしてた頃から？」

言葉にせずとも、白石の問いかけが答えだと、高鳴る心音が返事をくれた。

「っ、どうして言ってくれなかったの？　言ってくれたら俺…」

だが、次に言葉を発しようとすると、黒河は白石の身体を、力の限り抱きしめた。

「言ったとして、お前、俺と同じ気持ちになれたか？　そのまま、俺の暴走についてこれたか？　毎晩二人きりの部屋でセックスしながら、周りにいる奴ら全員と目が合わせられたか？　みんな友達って、平等に見ることなんてできたか？」

「――――…っ」

その耳元に唇を寄せると、少しだけ苦しそうに、告白した。

「俺には、無理だぞ。あの当時の俺は、お前と恋愛しながら流一たちとも親友やれるほど、器用じゃねぇ。お前に惚《ほ》れてたのは、俺だけじゃないし――――。そういう仲間を裏切って、自分だけがお前を独り占めにして、それで笑えるほどの根性なんて、持ち合わせてなかった」

「っ…」

白石の脳裏に、学生時代が蘇《よみがえ》る。

「そうでなくとも、お前自身が全然そんなことには、興味ありませんって、顔してたのに。みんなとワイワイやれる今が楽しい。一番嬉しい。このまま誰一人失くしたくない。そういう顔してたのに、それを壊してまで…って、思うだろう」

こんなに切ない思いなどしたことがなかった、当時の白石自身のことも、思い起こされる。

「俺は、あの頃からお前が好きだった。けど、それ以上にお前自身が大事だった。もちろん、流一たちも大事だったけど、お前そのものが一番大事だったから、普通に隣にいられることだけで、けっこう満足してた。少なくとも仲間の中で、俺はお前の一番のダチだった。それはわかってたから、それでよかった」

白石は、黒河が言うことが、もっともだと感じた。

言ってくれれば、俺だって――そう言いきれるのは、今だからであって、過去の自分が言えたとは限らない。

これほど熱い黒河の激情に、自分がついていけた自信も、確かにない。

「なんか、こういうことを言うと、案外臆病《おくびょう》だなって言われそうだが…。俺はガキの頃から、数えきれないほど、人が死ぬのを見てきたからさ。それこそ、たった今笑ってた奴が、数分後には死んでる。そういうのも、見てきたから――なんか、いつの間にか大事な奴は、生きていてさえくれればいいって、感覚になってたんだ。同じ世界、元気に笑って、泣いて、怒って。存在しててくれればいい、それが俺の大事ってやつになってたんだ」

「療治」

「もちろん、さすがに、もうあとがないかもしれないって感じた時には、堪えきれなかった。お前を抱きたいって、本能が前に出た」

大学の時に二人で参加したボランティア。

発展途上国に滞在していた二人を襲った、突然の誤爆事故。

九死に一生を得た二人が、肌と肌を重ねたのは、救援を待ち続けて三日目のことだった。

「けど、それでも頭のどっかに、無事に生き残った時のことも考えとかないと、フォローがきかねぇよなって理性も残ってたから…。変な約束は口走ったけどよ」

それは黒河が初めて自分自身に「死」を予感したことから白石を求め、また、同じように覚悟を決めた白石が、黒河を求めて応えたものだった。

「唇にキスはしない。絶対に戯《たわむ》れの域を超えて、挿入もしない。あとには、引きずらない。関係も変えない。終わったあとは、すっきりした、ああさっぱりしたで終わらせる——って、あれ？」

戯れとは言い難いセックス。

なのに、本気だともいえない、一度限りの情交だった。

「かけらほどの理性で吐き出した台詞だったからな。あとからどんだけ後悔したか、わからねぇけど。それでも、あれはあれで、俺なりの大事だった。お前自身や、お前との友情が大事。そういう、今考えたら、あんまりそうとも思えないけど——な」

今でも白石は、はっきりと思い出せる。迫り来る死の恐怖の前には、愛より恋より刹那《せつな》だけが存在した。

見えない明日より、目の前の男と快感だけが存在した。

「こうやって自分のものだと言える。抱いてキスできる。そういう喜びに比べたら、ちゃちな満足、悦びだったかもしれないけど。それでも、俺にはお前が同じ世界で生きてさえいれば、それだけでよかったんだよ」

ただ、あの時に覚えた極限の中での快感は、無事に国に帰ることができた二人の中に、それまでにはなかった関係を確かに生みだしていた。

特に他人の肌を知らなかった白石の中では、その後の恋愛経験にも大きく影響を及《およ》ぼした。

「たまに仕掛けた悪戯に付き合ってくれて。情けねぇ愚痴も黙って聞いてくれて。俺の全部を理解してくれて――――、お前はいつだって俺の味方でいてくれた。たとえ手がけた患者が助からない日があったとしても、お前はいつでも偉い偉いって…、言ってくれた」

白石は、いつしか自分の隣に女性が来ることより、黒河の存在を求めていた。

そしてそれは、恋を自覚せずとも、自然に行動に現れていた。

「だから、俺は医師でいられた。それだけで幸せだった。一方的な思いをぶつけて、すべてが壊れるなら、俺はお前にとって一番都合のいい男でもよかったんだ」

「――――え？　都合がいいのは、俺のほうだろう？」

だが、それを今になって指摘され、白石は黒河の胸元から顔を上げた。

「何言ってんだよ。俺に都合のいい相手なんて、掃《は》いて捨てるほどいるって。俺はお前と違って、尻軽で有名だからな。それこそ、病院から一歩も出られなくたって、セックスの相手だけなら、不自由しねぇよ。なんせ、下手な虫がつかないように、四六時中見張りがついてるようなお前とは違うからな」

「っ？」

呆れたように鼻の頭を指で弾かれ、口元をへの字に曲げた。

「無意識――だったのかもしれねぇけど、お前が俺に連絡寄こす時、俺の前に現れる時っていうのは、大概欲求不満な時だよ。どんなに淡白でも、たまには力いっぱい抜きたくなる。そういうテンションになってる時だった」

「っ!?」

けれど、改めて黒河に説明されると、白石は両目を見開いた。

「それも、本能なんだろうな。だからお前は、時間ができると、本能に負けて、俺のところにやってくる。俺が年中発情してる。お前を見たら、必ずやりたくなる。抱きたくなるってわかってて、俺を煽《あお》りに現れるんだ。あの時の快感が忘れられなくて。感情では否定しながらも、肉体ばかりが俺からの快感を恋しがって。療治、元気？　って…さ」

「そんな…っ」

否定したいが、しきれない。思い当たる節《ふし》がありすぎて、白石は言葉を詰まらせたのだ。

「それが証拠にこの十五年――、連絡を取ってたのは、いつもお前からで、俺は受身《うけみ》だっただろう？　お前が誘ってこなければ、顔も合わせなかっただろう？」

「それは、療治より俺のほうが時間が取れるから…。マメだったからだろう？」

それでも、とりあえず、抵抗を試《こころ》みる。

「馬鹿言えよ。お前とデキてからの俺は、マメだろうが。ってか、本気になったら、俺のほうがお前より数倍マメだ。だから、お前に迫られて一線越えたあとに二週間も放置を食らったたって、俺は毎日欠かさず電話を入れた。メールもしただろうが」

「っ…っ」

だが、結果は無駄な抵抗だったと知るだけで、白石は観念するしかなかった。

起こした顔を、再び黒河の胸元に突っ伏した。

「ただ、ま。それでも直接会いに行けなかったのは、後悔しているお前の顔を見るのが怖かったからだ。あれはなかったことにしてほしい――――。忘れてほしい。そう、直接言われることへの不安からだけどよ」

そんな白石の髪を撫でると、黒河は一応フォローした。

「っ、不安？　療治が？」

「なっちゃ悪いかよ。そうでなくとも、あの夜のお前はおかしかったし、変だった。だからと言って、俺にはお前に死神は見えなかった――――。そうなったら、避けられる理由なんか、それしか想像もつかなかった。後悔されてるんだろうな…って、そういう悪いほうにしか、考えられなかった」

初めて一線を越えたあと、どれほど自分が怯えていたのかを、白石に告げた。

「――――だから、あんなに簡単に、野上との仲を誤解した？　俺が弱っていたことがわからなかったから、俺が運ばれているとは考えずに、彼に喜んで抱かれていると思った？」

髪を撫でる優しい手に手を重ねると、白石はその手にキスをした。

「そりゃ、お前に俺のものだっていう自覚があるなら、他の男にお姫様抱っこなんかさせないだろう？　たとえ誰が相手であっても、どんな状況であっても、俺の腕以外は拒むだろう？」

「っ!!」

「それこそ、たとえ死にかけていても、意識があるうちは、お前は他の男の腕なんかに抱かれない。そういう身持ちの奴だってことは、俺が一番知ってるぞ」

「ん…。そうだな。そうかもしれない。俺はあの時、自分がすでに療治のものになっていたなんて、思ってなかった。療治が、俺のものになってくれたなんて、思ってもいなかった」

黒河の何もかもが愛しくて、何もかもが恋しくて、白石は黒河の身体に身体を重ねていくと、自らが上になって、黒河の額に口付けた。

「そうなりたいと思えば思うほど、死ぬのが怖くて。一日ごとにやつれていく自分を見るのが嫌で――――。療治に会いたいのに、会えなかった。会ってキスして、抱きしめて。いっそ壊れるぐらい、このまま死んでしまうぐらい抱いてよって言いたかったのに、同じぐらい――――、もう会えないって思ってた」

頬にも、こめかみにも、そして唇にも口付けた。

「やつれていく自分を、見られたくなかったから。療治にだけは、醜《みにく》くなっていく自分を、見せたくなかったから。それで――――」

「朱音」

「俺は、癌になるまで、こんなに臆病になる自分がいたなんて、気づかなかったんだ。好きなのに、言葉に出せない。愛してるのに、束縛も拘束もできない。本当のことも、何一つ言えない。

そんな自分がいたなんて、知らなかったから」

そうするうちに、一度は冷めたはずの肉体が、再び火照り始めた。

白石は心身から欲情すると、黒河の手を借り、自ら彼の身体に跨った。

「似たもの同士ってやつだな。でも、きっとそうやって俺たちは、お互いに一番都合のいい親友関係をやってきた。それが楽だったから。恋より愛より相手の存在のほうが大きかったから」

十分に潤んだ後孔は、黒河自身を飲み込むと、優しく奥まで導《みちび》いた。

「命のほうが、尊かったから――――」

白い肉体は儚《はかな》げながらも揺れ惑い、横たわる黒河の肉体を止《と》め処《ど》なく熱くしていった。

「療治…ん」

「無事でよかったな。誘拐犯が、あの手の男で。あんな要求で、お前を解放してくれる奴で、本当によかった」

「――――ん」

黒河の言葉に頷きながらも、白石は自分を捕らえて放さない快感に、心から酔《よ》った。

「世の中にはよ、人の命をなんとも思わない。なんとも思えない人間が、ゴロゴロとしている。私利私欲《しりしよく》のためだけに他人を利用し、命を奪う人間もゴロゴロとしている。そうでない人間が山ほどいるのに、そういう人間ほど犠牲《ぎせい》になる。これは、哀しいことだが、現実だ。そういう意味では、人間は動物の中で、最低の生き物だ。最低な種類がいる、そういう生き物だ」

どこまでも優しく突き上げる黒河に身悶《みもだ》えながらも、徐々に高ぶりを増してきた。

「だから、よかったと思う――。あの男が、少なくとも命の重みを知ってる奴で。息子の命も お前の命も同じ重みなんだって、ちゃんと知ってた奴で。まったくの他人じゃない。少なくとも、お前を見て勤めてきたんだろう、元NASCITAの社員でさ」

「療治…んっ」

そうして白石は、一人で静かに達してしまった。

「でなきゃ、いくら俺でもあそこまで手術に集中するなんて、できねぇからな。それほど俺は、人間離れなんかしてねぇし。奴が朱音に直接手をかけることはないだろう――、そう確信してなければ、直輝の手術はやり遂げられなかった。完全な黒星だったな」

黒河は崩れ落ちた身体を抱きしめながらも、満足気な白石の顔を見ているだけで、幸せそうな笑みを浮かべた。

「――っ、ありがとう。信じてくれて。栗原係長は、療治が信じてくれたから、最後は自分から折れたんだと思う。どこまでも医師として最善を尽くす療治を見ていたから、すべてを待たずに俺のことも解放したんだと思う」

白石は、そんな黒河に甘えると、今夜は無理をしなかった。

自分がいったのだから、黒河も。そんなことも思わずに、今夜だけは、自分だけが黒河の優しさに溺《おぼ》れた。

「でも、それでも約一週間――…。会えないまま死んだら、どうしようかと思った。療治と離れたまま、死んだら…どうしようかと思った」

そうすることで白石は、抱きすくめられた腕の中で、初めて恐怖を漏らした。

ずっと言い出せずにいた、捕らわれたことより何より怖いと感じていた、死への恐怖を口にした。

「そっか…。よく頑張ったな。んとに…」

黒河は、そんな白石を全身全霊で受け止めた。

「けどよ、朱音。たとえばさ、お前なら、死ぬのと俺に心変わりされるの、どっちが怖い？」

「え？」

「俺は死ぬことよりも、お前に心変わりされることのほうが怖い。お前が俺以外の誰かを好きになるほうが、怖いと思ってんだけどよ」

そしてこの時、初めて黒河もまた自分の中にある本当の恐怖を、白石に教えてくれた。

「っ、――――そうだね。世の中には、死ぬより怖いことって、あるよね。そういえば俺も、以前療治と紋子先生の結婚話が噂になった時、療治が他の誰かのものになるぐらいなら、死んだほうがましって、他の誰かと結婚するのを見るぐらいなら、もう…生きていたくないって、思った」

黒河の中には、死より怖いものがある。

そう言われてみればそうだなと、白石も実感した。

ただ、そんな実感は、白石の中に新たな恐怖を生み出した。

「でも、だからこそかな。今はもっと、怖いことがある」

「もっと怖いこと？」

「ん。療治を忘れること。療治のことを愛して、愛されたことがわからなくなってしまうこと」

白石は、正直に思いついたままの恐怖を口にすると、黒河の身体にしがみついた。

「――――…!?」

「だから、だからね。もしも癌が再発して、それが…脳で、俺が正常な精神を失いかけたら、その時は…、俺をそのまま眠らせてほしい」

「朱音」

「だって、この幸せだけは、忘れたくない。今の記憶だけは、絶対に…失くしたくない。だから…、忘れてしまうぐらいなら――――、お願い。お願い療治、約束して」

一つの約束を強請り、答えを求めた。

「心配するな。そんなことになったら、俺がお前を犯《や》り殺してやる。俺の腕の中で、逝かせてやるから」

そんな白石に、黒河は不敵に笑った。

「本当？」

「ああ。いつもみたいに。こうやって、絡んでるうちに、お前を俺が逝かせてやる。だから、そんな心配はすんなっ」

白石の身体を抱きしめ返すと、自分の身体と入れ替えた。

唇を貪りながらも、白石の片足を掬《すく》い上げ、いきり立ったままの熱棒を濡れた後孔に突き刺した。

「っ――――、療治っ!!」

白石は、思いがけないところで見せられた強引さに、悦びの声を漏らした。

「愛してる。俺はお前を最期の瞬間まで愛してる」

「俺も。俺も…、療治」

身体の限界さえわからないまま押し入る黒河に、すべてを預ける代わりに、受け止めた。

「だから、精一杯、頑張ろうな」

「――――ん」

今の白石には、痛みも快感もわからなかった。

ただ、何もかもが熱い黒河に抱かれていることが、嬉しいだけだった。

『療治…っ』

その後、白石は悦びと至福の中で、意識を失った。

幸せという光が、強ければ強いほど濃くなる黒い影。大きく伸びると感じる死の影に怯えることなく、最愛の男の腕の中で眠りについた。

『朱音』

ただ、そんな白石の寝顔を見ていると、黒河はふと自虐的な笑みを浮かべた。

『俺がお前を逝かせてやる――――か。医者の言う台詞じゃねぇな』

すっかり寝入った白石を抱きしめ、安らかなその寝顔に口付けた。

「んっ…」

こめかみに触れた唇がくすぐったかったのか、白石は小さく身じろいだ。

『おっと…』

黒河は、白石を起こさないように、そうっと唇を離す。

『…んと、俺はお前の前でだけは、ただの男だ。どうしょうもねぇほど、壊れるばっかりだ』

そうして再び寝顔を覗き込むと、黒河は、この瞬間が永遠に続けばいい――――そう考えるのは、医師としては逃げだろうか？　と思った。

今ならまだ、死神の影は見えない。だから、ここで時を止めてしまいたい――――そう願うのは、医師として恥ずべきことだろうか？　と、切なくなった。

『朱音…。俺だけの朱音』

だが、それでも何かを振り切るように唇を嚙むと、黒河は白石の左手をそっと握りしめた。

その手の薬指に嵌められたエタニティーリングを、自らの指の腹で軽く指でなぞった。

『けどな、俺はお前を一人でなんか逝かせねぇ。逝く時は一緒だ。必ず二人一緒だ』

そうして誰に聞かせることもなく、心の中で呟いた。

『だから、心配しなくていい。怖がらなくてもいい。絶対に一人にはしないから。な、朱音』

白石本人に聞かせることもなく、永遠の愛を誓った。

おしまい

あとがき

こんにちは、日向《ひゅうが》です。このたびは本書をお手にしていただき、誠にありがとうございました。本書は一冊でも関連作を含めたシリーズとしても読めるというものになっておりますが、いかがなものでしたでしょうか？

――とは言いましても、今回はこのシリーズには必ず出てくる天才外科医・黒河《くろかわ》編です。主役は朱音《あかね》ちゃんですが、私の中では黒河編（笑）。なので、いつも以上に構えた感があったのですが…、結論から申し上げますと、この話はゲロ甘い！　しかも、目をつぶるほどラブいっ‼　その二言に尽《つ》きるものになっております（汗）。朱音ちゃんが、やたらに「療治《りょうじ》い。療治い♡」っていう気持ちが強いので、自然にそうなるんですが…。

それ以前に、担当さんからも「もっとラブシーンを増やしてくださいよ♡　水貴《みずき》先生も、次は朱音ちゃんが困るほど甘いのが見たいで～すぅ♡」って言ってましたから」と、聞かされていたので、「そうかそうか、読者さまも二人のイチャイチャが見たいとお手紙をくれたし、だったら頑張るか」と、努力をしたわけです。が、しかし！　入稿したら、「誰がここまでやれって言いましたよ！」と、担当さんに電話口で叫ばれました（涙）。多分、あまりにイチャイチャしているので、逆に目のやり場に困ったのかもしれませんが…。でも普段は「ベタなラブシーンが大好きでーす♡　やっぱり甘いのがいいですよね～♡」って言ってるのに。だから、それならば！　と、思いつく限りのシチュエーションを入れたのに。「もう、なんなんですか、この人たちはっ。砂じゃなくて、砂糖を吐きそうですよ！」と、キャンキャンされました。とはいえ、言われっぱなしもなんなので、私も負けずに「だったら今からでもラブシーンを減らしますよ！　代わりに仕事シーンに差し替えて、臓器移植の手術をまともに書きます！」って叫んだのですが、「それは駄目です！　抜かせません。これはこれでBL仕事ですから、全部イキです♡　当然でしょ。おっほほほほ～」と、あっさり返り討ちに遭いました。

だったらちゃんと「よく頑張りましたね♡」って、褒めてくれればいいのに。もうイケズっ!!　はーはーはー。あー、すっきりした（笑）。

――なんて、こんな会話ができるぐらい、ノリ良くお仕事をさせていただいているんで、実際はとても感謝してますけどね（笑）。

でもま、二十年越しに結ばれたカップルな上に、死神がまとわり付いているわけですから、この二人に関してだけは、イチャベタしてても、許してあげてください。ちなみに、今回「日本初」と書いた「一人ドナーによる腎肝臓同時移植」は、2007年現在に行われたものです。まだ世界で三例しかないそうですが、このお話は2005年設定なので、そこはご了承ください。そして、前回ご質問をいただいたのですが、このシリーズに出てくる紫藤《しどう》先輩は、すでに完結している「こんな上司に騙されて♡」という話の攻めさまでです。なので、次の主役候補ではありません（笑）。この夏、クロスノベルスさんから全シリーズが携帯配信もされておりますので、気になる方はぜひ、携帯でチェックしてみてください。また、これまで書きためてきたDr.シリーズの番外編を、同人誌にしました。ご興味のある方はHPを見るか、宛名&切手付きの返信用封筒を同封の上、編集部経由にて、お問い合わせくださいね。

最後になりましたが、水貴先生&担当様、今回も大変お世話になりました。次の作品も、どうかよろしくお願いいたします！（主役は誰だ!?）

それでは皆様、またどこかでお会いできることを祈りつつ――。

日向唯稀《ゆき》♡

http://www.h2.dion.ne.jp/~yuki-h/

Dr.シリーズ5作目♪ そしてこのカップル！待ってました！
描くことができて うれしい水貴デス〜〜ミ
朱音さんのことを考えると、ハラハラしますが、
色々と妄想をふくらませ、楽しく描いていたのが
表れていると良いんですがる
色々と気になるキャラも出てきたので、これからも
期待大モードで待ちたいと思いますよ(笑)
日向先生、担当さま、色々とありがとうございました！

水貴はすの

学生時代の3人

CROSS NOVELSをお買い上げいただき
ありがとうございます。
この本を読んだご意見・ご感想をお寄せください。
〒110-8625
東京都台東区東上野4-8-1　笠倉出版社
CROSS NOVELS 編集部
「日向唯稀先生」係／「水貴はすの先生」係

CROSS NOVELS

Light・Shadow -白衣の花嫁-

著者
日向唯稀

2007年11月23日　初版発行　検印廃止

発行者　笠倉伸夫
発行所　株式会社　笠倉出版社
〒110-8625　東京都台東区東上野4-8-1　笠倉ビル
[営業]TEL　03-3847-1155
FAX　03-3847-1154
[編集]TEL　03-5828-1234
FAX　03-5828-8666
http://www.kasakura.co.jp/
振替口座　00130-9-75686
印刷　株式会社　光邦
装丁　團夢見(imagejack)
ISBN　978-4-7730-0385-7
Printed in japan

CROSS NOVELS